KB138335

열일곱, 탐구하다

열일곱,
탐구하다

초판 1쇄 인쇄_ 2020년 02월 15일 | **초판 1쇄 발행**_ 2020년 02월 20일
지은이_박세연·이예은·경보경 | **엮은이**_정인영 | **펴낸이**_진성옥 외 1인 | **펴낸곳**_꿈과희망
디자인·편집_윤영화·성숙
주소_서울시 용산구 한강대로 76길 11-12 5층 501호
전화_02)2681-2832 | **팩스**_02)943-0935 | **출판등록**_제2016-000036호
E-mail_ jinsungok@empal.com
ISBN_979-11-6186-073-2 43810

열일곱,
탐구하다

박세연 이예은 경보경 지음
정인영 엮음

꿈과희망

낯선 교복, 큰 운동장, 도서관, 그리고 봄.
2019년 봄, 책쓰기와 학생들은 만났습니다.

2010년부터 경북여고 1학년 학생들은 일주일에 한 번, 책쓰기와 토론으로 서로를 만났습니다. 10년 간 쌓인 선배들의 책을 구경하고, 어떤 책을 쓸지 고민하고, 스스로에 대해 고민하고, 서로의 이야기를 듣고, 좋아하고 마음이 가는 것들을 되돌아보며 몇 달의 시간을 보냈습니다.

그 결과, 올해는 250여 명의 학생들이 자신의 이름이 적힌 책을 손에 쥐었습니다. 학생들이 쓴 책은 한 권 한 권, 다 소중했기에 그중에서 몇 권의 책을 고르는 건 정말 쉽지 않았습니다. 한참을 고민 끝에 학생들의 작품 중에서 과학과 수학을 열일곱의 시선과 관점으로 다룬 책들을 모았습니다. 비록 교육청 지원으로 출판되지는 못했지만, 마음을 다해 함께 해준 다른 학생들에게 고맙다는 말을 전합니다.

　이 글을 쓰는 어느 봄날의 오후, 따뜻한 햇살이 창문을 통해 들어오고 있습니다. 지금 이 순간에도 우주의 수많은 별들은 여전히 빛나고, 그 우주와 나 사이의 거리에 대해서도 숫자로 설명할 수 있을 것 같고, 그러다 보면 생명의 시작에 대해서도 궁금할 것 같습니다. 그래서　크고 먼 우주와 아주 작고 작은 세포들, 그리고 그 둘을 이어줄 수 있는 숫자를 다룬 학생들의 이야기를 함께 담았습니다. 이 책이 여러분의 세상을 설명하는 시작점이 되길 빕니다.

지도교사 정인영

목 차

소설로 읽는 생명과학 이야기

메다 아라스

박세연

이 책을 읽는 모든 이들에게

　학교에서 나만의 책 한 권을 만드는 것이 과제였습니다. 처음 나만의 책을 만들라고 했을 때 어떻게 해야 할지 시작하기도 막막하였습니다. 주제는 자신의 진로와 관련되게 적는 것이었습니다. 저는 생명과 관련된 진로에 진학하는 것이 목표입니다. 그래서 진로와 연계된 '생물'이라는 영역을 주제로 정하게 되었습니다. 막연하기만 했던 이 활동은 오히려 저에게 생물이라는 것에 대해 더 엄청난 것을 깨닫게 해 주었습니다. 유전자, 세포, 소화 등 정말 많은 요소들이 생물이라는 큰 타이틀을 이루고 있었습니다. 하나하나 모든 주제들을 조사하고 나만의 방법으로 정리하고, 책을 쓰면서도 어떻게 하면 읽는 사람들의 나이에 상관없이 모든 이들이 쉽게 이해할 수 있을까, 사진자료는 충분할까? 이런 것을 하나하나 헤아리며 적다 보니 그 누구보다도 나에게 가장 소중한 시간이었습니다. 사실 책을 쓰면서 많이 미루기도 하고, 스스로도 정말 힘들었지만 그 시간들은 누구에게가 아닌 나에게 생물이라는 내용을 조금이라도 정확하게 이해하고 응용할 수 있게 도와주었습니다. 이런 여러 방면에서 보았을 때, 책 쓰기 활동은 너무나도 좋은 활동인 것 같습니다.

이 책을 읽으면 아시겠지만 많은 부분이 문장을 연결하는 데에 있어서 자연스럽지 않고, 어떨 때는 내용의 연결이 이상하다든지 많은 세세한 부분들이 아직까지도 미흡합니다. 그럼에도 불구하고 책을 내는 이유는 이 책을 쓰면서 나 스스로가 성장하는 계기가 되었기 때문이죠. 여러분들도 나만의 책이라는 게 있으면 뿌듯하지 않을까요? 그렇기에 저는 여러분들에게 추천합니다! 지금 나만의 책을 만들어 보세요. 그 어떤 시간보다도 소중한 시간이 될 것입니다.

작가 박세연

생물에 관심이 많은 이들에게

인간은 생물입니다. 생물의 시작은 세포라고 생각합니다. 그래서 저는 이 책의 문두에 세포의 시작을 주제로 넣었습니다. 그리고 우리가 생물이라고 하면 가장 먼저 떠올리는 주제들을 하나하나 나열하다 보니 유전자, 소화, 쌍둥이 등과 같은 내용들을 넣게 되었습니다. 이 내용 외에도 정말 많은 생물 이야기들이 여러분을 기다리고 있죠.

제가 생각하기에 생물이라는 것은 배우면 배울수록 엄청난 것들이 기다리고 있습니다. 비록 아직 생물을 완벽하게 다 배운 것은 아니지만 이 책을 쓰면서 느낀 점은 생물은 모든 현상 하나하나가 서로 영향을 끼치고 어느 하나라도 이상이 생기면, 모든 기관들이 이상이 생기게 되는 아주 정직한 요소라고 생각합니다. 우리의 몸이 이상 하나 없이 각 기관들이 자신들의 역할을 지금 이 순간에도 하고 있다는 것을 느꼈다면, 우리 몸의 위대함을 조금이라도 알 수 있으면 좋겠습니다. 혹시 생물을 단지 공부의 부분이라고만 생각하거나 지루하다고 느끼는 사람이라면 생물이라는 내용의 매력을 꼭 느꼈으면 좋겠습니다. 아직 미흡한 부분이 많은 책이지만, 그래도 천천히 읽으면서 생물에 대한 지식을 보충하는 데 조금이나마 도움이 되기를 바랍니다.

차례

제 1장

이제 아무도 없는 집

메다 아리스는 여느 때와 다름없이 작은 새들과 정원을 뛰어다니며 그 누구보다도 행복한 시간을 보내고 있다. 주방에서는 그녀의 엄마인 엘리자가 따뜻한 홍차를 끓이고 있다. 이 마을 사람들은 어느 하나 할 것 없이 모두 엘리자를 좋아한다. 그녀는 항상 분홍 장미와 같은 미소를 띠고 있다. 그녀의 미소를 쏙 빼닮은 딸이 하나 있는데 그녀가 바로 메다 아리스이다. 그녀 역시 마을 사람들에게 언제나 사랑받고 자라는 존재이다. 엘리자는 집안에 남자 하나 없이 혼자서 여자의 몸으로 아리스를 키웠다. 비록 혼자였지만, 엘리자는 아리스를 무척이나 사랑해 주었다. 이에 인심 좋은 마을 사람들도 그녀의 비어 있는 옆자리를 지켜 주곤 하였다. 그렇게 아리스는 언제나 이 행복이 영원하기를 빌었다. 하지만 갑작스러운 엘리자의 죽음으로 아리스는 큰 충격에 휩싸이게 된다.

그녀뿐만 아니라 마을 사람들도 충격이 꽤 큰 듯했다. 엘리자는 달리는 마차를 보지 못하고 그만 마차에 깔려 서서히 죽음에 이르게 되었던 것이다. 게다가 이 작은 마을에는 제대로 된 의사가 없어 치료조차 시작하지 못했던 것이다. 가족이라고는 엘리자 하나였던 아리스는 더 이상 집에 가면 기다리는 사람이 없다. 주방에서는 더 이상 향기로운 홍차 냄새가 나지 않고, 정원에는 더 이상 아리스의 눈에 예쁜 작은 새들이 날아다니지 않는다. 그곳에는 더 이상 웃음이 존재하지 않았다. 그 무엇보다도 갑작스러운 엘리자의 죽음에 홀로 남게 된 아리스는 어디로 가야 할지 무엇을 해야 할지 이제 어떻게 살아가야 할 것인지 전혀 알지 못했다. 아리스는 마을 사람들의 도움으로 이곳저곳 떠돌며 따뜻한 보살핌을 받았다. 하지만 하루하루는 모두 슬픈 날의 연속이었다. 그리고 언제까지 계속해서 마을 사람들의 신세만 지고 살 것인가도 큰 문제였다. 엘리자가 죽은 후 마을 사람들은 모두 마음을 모아 그녀의 장례를 치렀다. 그렇게 장례가 무사히 끝나고 아리스가 발걸음을 옮겨 집에 이르게 되었다. 문을 열고 들어가자 누군가 와 있었다.

"혹시 네가 아리스, 메다 아리스니?"

아리스는 갑작스러운 부름에 당황한 듯했으나 곧 대답하였다.

"네. 제가 아리스에요."

대답을 듣자, 검정 모자를 쓴 부인이 천천히 장갑을 벗더니 아리스의 손을 부여잡으며 말하였다.

"아리스! 나는 너를 알아! 이런 일이 벌어질 줄이야. 너도 많이 놀랐겠구나. 내 소개가 늦었구나! 나는 팬던트란다! 너를 데리러 왔어."

예전에 엘리자가 아리스에게 말한 적이 있다. 만약 자신이 아프거나 어디를 나가 돌아오지 못하게 되어 아리스가 혼자가 되어 버린다면 팬던트 부인이 그녀를 찾아올 것이라는 말을 한 적이 있다.

이때까지 아무도 없고 조용했던 집에 돌아갔을 때 온기조차 남겨져 있지 않은 집을 보며 외로웠을 아리스에게 팬던트 부인의 한 마디는 그녀의 눈물을 흐르게 만들었다. 그녀는 혼자가 아니었다는 안도감에 부인을 크게 끌어안았다. 그 이후 부인은 아리스에게 그녀가 엘리자의 죽음을 듣고 아리스를 보살펴 주기 위해 왔다 하였다. 아리스는 팬던트 부인을 따라 따뜻한 마음씨의 마을 사람들에게 인사를 나눈 뒤 마을을 떠나게 되었다. 그렇게 그녀의 어린 시절은 이 마을에 영원히 남긴 채로 그녀는 무거운 발걸음을 옮겼다.

태어나서 처음으로 아버지에게 가는 길

덜컹 덜컹

기차가 출발하기 시작하는 소리이다. 아리스는 팬던트 부인과 함께 길을 나선다. 시골 마을에만 있던 아리스에게 기차 밖의 풍경은 그저 황홀할 따름이었다. 바람이 살랑살랑 불어 잔디를 쓸어가고 따스한 햇볕이 그녀의 눈에 들어와 기분이 좋아지게 한다. 그렇게 창문 밖을 하염없이 바라보는 아리스에게 부인이 말했다.

"아리스, 지금부터 이 기차는 라이마더스 마을로 갈 거야. 들어본 적 없겠지만, 고요하고 아름다운 마을이란다. 너는 그 마을에 살고 있는 너의 아버지 집으로 가게 되는 것이란다."

아버지라는 말에 아리스는 깜짝 놀랐다. 어머니와 둘이 살던 아리스에게 아버지라는 공간은 그녀의 머릿속에 존재하지 않았다. 오히려 그 단어는 아리스에게 낯선 기분을 들게 할 만큼 그녀는 아버지에 대해 아무것도 몰랐다.

"아버지요? 저의 아버지를 만나러 간다는 말씀이세요?"

"그래. 아리스는 아버지에 대해 잘 모르겠구나! 내가 설명해 주마."

그렇게 부인의 말이 입에서 떨어지기 시작했고 아리스는 새롭게 알게 된 이야기들이라 귀담아듣기 시작했다.

메다 마르크, 아리스의 아버지의 이름이다. 그는 모르코 비치라는 대학교의 교수로 엘리자와 학교에서 처음 만났다고 한다. 한 번의 만남은 두 번의 만남으로 이어졌고 그렇게 둘은 서로 사랑하게 되어 결혼까지 하게 되었다. 마르크와 엘리자는 서로의 든든한 버팀목이 되면서 서로를 많이 의지하고 존중해 주며 행복하게 살아가고 있었다고 한다. 그 사이에 아리스가 태어났고 그렇게 그들은 행복했다. 아무 일도 없을 줄 알았던 그들의 가족에게 갑자기 이별이 찾아오게 된 것은 부인도 모르겠다며 아쉬워하였다.

그녀의 아버지는 한때 유명한 생물학자 교수였다. 그는 교수라고 하기에 너무 허둥지둥하는 면이 있지만 생물학에 관한 것이라면 그를 찾아가라는 말이 있을 정도로 대단한 교수였다고 한다. 그는 지금 자신이 하고 있는 연구 때문에 잠시 조용한 마을인 라이마더스로 가게 되었고, 그가 그의 별장에서 무엇을 하는지 아무도 알 수 없었다. 이렇게 얘기로만 들으니 아리스는 더욱 더 궁금해졌다. 그녀는 처음 보는 아버지의 모습에 설렘과 기대감이 가득했지만 자신의 엄마와 자신을 떠나갔다는 생각이 머릿속에서 맴돌아서 마냥 기분이 좋진 않았다. 그렇게 팬던트 부인은 옛날을 회상하며 계속해서 얘기했고 그 이야기는 라이마더스 마을에 도착할 때쯤 끝났다.

기차에서 내려 작은 강을 건너 좁은 길을 마차를 타고 한 서너 시간 정도 걸리는 곳이었다. 한참을 달리던 마차가 멈추고 팬던트 부인은 여기서부터는 혼자 가야 한다고 말하였다. 너무 좁아 마차가 다닐 수 없는 작은 오솔길이었다. 그리고 팬던트 부인은 아버지와 별로 친하지 않다며 자신이 가면 불편해 할 거라며 아리스를 혼자 보냈다. 그렇게 자신을 데려다준 팬던트 부인과 진한 포옹을 나누며 인사를 나누었다.

"아리스, 너에게 무슨 일이 생기면 바로 오마. 그러니 걱정하지 말고 아버지와 잘 지내야 한다. 엘리자는 어쩔 수 없는 사고였단다. 엘리자도 네가 슬퍼하는 걸 원하지 않을 거야. 그러니 하루하루 행복하게 웃으며 지내렴."

그렇게 팬던트 부인은 떠났고 아리스는 작은 오솔길을 걷기 시작했다. 오솔길의 끝에는 큰 저택이 떡하니 그녀를 맞이했다. 조금은 으스스하게 느껴질 뻔했지만 그 앞의 정원에는 작은 새들이 그녀를 기다렸다는 듯이 울고 있었다.

생물학자 메다 마르크와 그의 딸 메다 아리스

작은 새들이 작은 소리로 노래를 부르고 꽃향기가 은은하게 나는 정원은 아리스 맘에 딱 들었다. 그렇게 저택의 문 앞까지 도착한 아리스는 문 옆의 작은 초인종을 눌렀다. 그렇게 5분이 지나고, 문이 스르르 열리기 시작했다. 곧 찢어질 것 같은 허름한 옷차림과 조금은 냄새가 날 듯한 모습을 하고 있는 한 남자가 문을 열었고, 그는 곧 당황하며 인사하였다.

"네가 메다 아리스구나! 반갑구나! 일단 들어 오거라."

처음 만난 아버지의 모습에 아리스는 믿기지가 않았고 그녀는 그를 따라 조심히 집 안으로 들어갔다. 집 안은 그의 모습과 전혀 다르게 깨끗하고 참신한 구조가 돋보였다. 특히 거실에는 반짝거리는 조명들과 몸과 마음을 따뜻하게 해 주는 모닥불이 있었다. 마르크는 그녀에게 집을 천천히 하나하나 자세하게 소개시켜 주었다. 그리고 마르크는 그녀에게 대접할 따뜻한 차를 준비하기 위해 잠시 부엌으로 내려갔다. 그가 부엌으로 내려간 사이에 아리스는 저택 밖의 정원을 둘러보고 있었다. 작은 새들이 그녀의 이사를 축하하듯이 노래를 부르며 환영했다. 그렇게 새들을 따라 정원을 돌아다니던 아리스는 작은 새들의 이끌림에 따라 정원의 뒤쪽까지 오게 되었다. 그녀의 눈앞에 놓인 것은 다름 아닌 작은 오두막이었다. 조심스럽게 발을 옮겨 오두막의 문을 살포시 밀었다. 허름했던 탓인지 살짝만 열어도 문이 활짝 열렸다. 그 안을 천천히 그녀는 발을 내디뎠다. 들어가자마자 꿉꿉한 냄새와 뭔지 모를 이상한 액체들이 병에 담긴 채 책상 위에 진열되어 있다. 한쪽 벽에는 다양한 곤충들의 표본이 있었고 책장에는 다양한 서적들이 보관되어 있었다. 제목을 보아하니 전부 다 과학에 관한 책이었다. 그리고 액체가 담긴 병들 옆에는 많은 종이들이 널브러져 있었다. 아리스는 그중 하나를 집어 들어 제목을 읽기 시작했다.

"인간의 시작…… 세포……."

아직 문자가 어색했던 아리스는 자신이 말한 제목이 맞는지 아닌지 헷갈려 했다.

"맞아, 인간의 시작은 세포이지."

그때였다. 뒤에서 나타난 마르크가 조용히 속삭였다.

"내 연구실에 함부로 들어오다니 나는 여기를 소개시켜 준 적이 없는데, 작은 소녀야?"

도둑질이라도 한 듯 아리스는 당황한 기색으로 대답하였다.

"죄송해요. 그냥 새들을 따라가다가 이 오두막집을 발견했는데 그만……."

"하하하 괜찮단다. 아리스. 나는 너를 지금 혼내려는 게 아니란다. 여기가 뭐하는 곳인지 궁금하니? 그리고 벽에 있는 서적들과 책상의 서적들이 뭔지 하나같이 다 궁금한 게 당연하지."

아리스는 뜻밖의 대답에 안심하면서, 알려 달라고 부탁했다. 그러자 마르크는 살짝 미소를 띠며 이야기를 시작했다.

"아리스, 들었다시피 나는 생물학자란다. 생물학자라고 하면 단순하게 생물에 대해 연구하고 공부하는 학자라고 알면 쉽겠구나. 나는 몇 년째 이 오두막집에서 생물에 대해 연구하고 실험을 통해 결과를 내고 이를 바탕으로 논문을 내며 살아가고 있단다. 그렇다면 아리스,

생물학이 무엇인지는 알고 있니? 표정을 보아하니 잘 모르는 것 같구나. 괜찮단다, 아이야. 내가 설명해 주마. 조금은 긴 이야기가 되겠어. 어어, 벌써 지루하다고 생각하지는 말거라. 그래도 꽤 재미있는 이야기가 될 것이니!"

제 2장

마르크가 들려주는 생물학 이야기

"아리스, 생물학이 뭐라고 생각하니?"

" 생물학이라면……. 이 세상의 모든 생물에 대해 알아가고 그것을
우리에게 알려 주는 학문이 아닐까요?"

"맞아, 아리스! 생물학이라고 어려울 것 같지만 네가 말한 그대로란
다! 생물학을 말 그대로 정의하면 생물의 구조와 기능을 과학적으로
연구하는 학문이란다. 생물학은 일반적으로 세포를 생명의 기본 단위
로, 유전자를 유전의 기본 단위로, 그리고 진화를 새로운 종을 출현시
키는 힘으로 보고 있다고 우리는 정의하지. 물론 나도 그에 대해 연구
하고 있단다. 또 생물학은 생물의 종류·구조·기능, 그 밖의 연구대상
에 따라 여러 가지 분야로 나눌 수 있지만, 크게는 구조를 다루는 형
태학적인 분야와 기능을 다루는 생리학적인 분야로 나누어 생각할 수
도 있단다. 이러한 경우, 형태학적인 면을 연구하는가, 아니면 생리적인

면을 연구하는가는 연구방법론에서도 차이를 볼 수 있지. 조금 어려웠나? 예를 들어 연구 대상으로 분야를 나누는 경우에는 식물학·동물학·미생물학·인류학 등이 있단다. 세포학·조직학·형태학 등은 구조를 기준으로 구분된 분야이고, 분류학이나 해부학 등은 생물의 종류 또는 구조의 연구 수단의 측면에서 붙여진 분야라고 할 수 있단다. 그리고 발생학·유전학·생태학·생물지리학·고생물학·진화학·생리학·생화학·생물물리학 등은 주로 대상으로 삼는 현상에 의거하여 나눈 분야가 될 수 있지. 아리스, 정말 다양한 종류의 생물학에 놀랐니? 나도 가끔씩은 너무 많아서 종종 놀라고는 한단다."

"네……. 이렇게나 많은 종류가 생물학에 포함되는지 몰랐어요!"

"처음 들어본 사람이라면 그럴 수 있단다. 혹시 아리스, 평소 학교를 다니면서 수업시간에 조를 만들어 서로 의견을 나누고 도와주며 각각 맡은 역할을 통해 큰 결과물을 얻게 되는 활동을 한 적이 있지? 생물학이 그렇단다. 발생학, 유전학, 세포학, 조직학……. 정말 다양한 종류의 분야들은 서로의 분야들을 도와주어 하나의 길을 개척해 나가는데 도움을 주기도 한단다. 그러면서 새로운 분야가 생겨나기도 하지. 정말 신기하지 않니?"

"그런데 이렇게 많은 생물학이 언제부터 시작됐어요?"

"대단해. 아리스! 배움에 대한 열정이 가득하구나. 마을 아이들에게 이 정도만 말해도 아이들은 숨이 넘어가던데. 역시 내 딸! 알려 주마. 생물학이라는 단어는 그리스어의 '생명'을 뜻하는 'bios'와 '연구'를 뜻하는 '-logia'에서 나왔단다. 우리가 알고 있는 단어의 형태와는 살짝 다를 거야. 우리가 잘 알고 있는 라틴어는 1736년 칼 폰 린네(Carl von Linné)가 『식물전집(Bibliotheca botanica)』에서 'biologic'를 사용했을 때란다. 내 서재에 이 책을 본뜬 것이 있단다. 다음에 같이 한 번 읽어보자꾸나. 그러면 아리스가 궁금해했던 생물학의 기원에 대해 알아볼까?"

아리스는 고개를 끄덕였다.

"생물학과 관련된 과학은 이미 고대시대부터 연구되었단다. 혹시 히포크라테스와 아리스토텔레스는 들어보았니? 아마 학교에서 지독하게 들어보았을 것이야. 이 두 분은 생물학과 의학에 큰 기여를 하셨거든. 물론 이외에도 다양한 분야에도 엄청난 공을 세우셨지. 우리는 흔히 의학의 아버지는 히포크라테스라고 하고, 생물학의 아버지는 아리스토텔레스라고 한단다. 그만큼 생물학 발달에 가장 크게 공헌한 사람이 아리스토텔레스라고 할 수 있겠구나. 이외에도 해부학, 세포생물학, 다윈의 진화론 등 다양한 종류의 생물학들이 무섭게 성장했단다. 이것들에 대해서는 아리스, 네가 좀 더 크면 설명해 주마. 이미 너의 머릿속은 과부하가 되었을 거야. 아빠를 만난 첫 날부터 내가 너무 무리한 이야기를 시작한 것 같구나. 하지만 아리스가 이렇게나 생물학에 관심이 많을 줄 몰랐단다. 혹시 이유가 뭔지 알 수 있을까? "

아리스는 잠시의 침묵을 갖더니 주저하며 말하였다.

"제가 살던 마을에 의사가 없어서 어머니께서 돌아가시기 전까지 아무도 함부로 치료하지 못했어요. 혹시나 어머니에게 의사가 바로 갔었더라면 이렇게 돌아가시지는 않았을 거예요. 저는 의사가 될 거예요. 그래서 더 알고 싶은 거예요."

어린아이가 할 생각이라고는 아무도 생각지도 못했을 것이다. 단지 부모를 잃었다는 그 슬픔과 절망만이 가득할 것이라고 생각하겠지만, 이와 달리 아리스는 늘 이런 생각을 해왔던 것이다. 그렇기에 처음 생물학자라는 자신의 아버지에 대해 관심을 두었고 하루빨리 그를 만나고 싶어 했다.

이 말을 들은 마르크는 잠시 할 말을 잃은 듯 아리스만 묵묵히 지켜보았다. 그러고는 잠시 뒤 그의 얼굴은 점점 어두워지는 듯했다. 아무리 오래 멀리 떨어져 있었지만, 자신에게도 소중한 사람이 아니었던가. 아리스와 마르크 둘 다 아주 잠시 어두운 침묵이 이어졌다.

아리스의 궁금증

아리스가 엘리자의 죽음에 대해 말하고 난 뒤로부터 아리스와 마르크 사이에는 이상하게 어색한 기류가 조금씩 생기게 되었다. 게다가 평소에 연구 때문에 바쁜 마르크는 아리스와 함께 있을 시간이 많이 없었다. 어쩔 수 없이 아리스는 정원에서 작은 새들과 함께 놀 수밖에 없었다. 그래도 아리스와 함께 놀아 주기 위해 틈틈이 시간을 내주어 아리스에게 오는 마르크의 모습에 그녀는 외롭지만은 않았다. 그렇게 정원에서 즐거운 시간을 보내고 있었다. 아리스는 마르크가 생명학에 대해 알려 주고 난 뒤로부터 마르크에게 생명에 대해 배우는 날이 늘어갔다. 오늘도 역시 마르크는 아리스에게 생물학에 대해 알려 주고 있었다.

"근데, …… 아버지는 생물학자이죠?"

"그렇지! 근데 왜 그러니?"

"음……. 그럼 생물이랑 생명은 무슨 차이에요? 둘 다 살아 있는 존재를 의미하는 거 같은데?"

"음……. 우리 아리스가 아주 좋은 질문을 하는구나. 그렇지 생물을 배우다 보면 생명과 생물의 차이점이 뭔지는 한 번씩 다 생각해 볼 수 있지……. 내가 가르쳐 주마! 오늘도 조금은 어려운 이야기가 될 수도 있겠구나."

"일단 생물은 비생물에 대응되는 말이란다. 아리스, 아리스토텔레스가 누구인지 아니?"

"음……. 아리스토텔레스 들어본 것 같은데……."

"하하. 아리스토텔레스는 꼭 알아 두렴! 생명의 진화에서는 아주 중요한 인물이니. 아리스토텔레스는 자연계를 생물계와 무생물계로 분류하였단다. 이외에도 바이러스의 발견과 그 밖의 사실로 미루어 볼 때, 생물과 무생물과의 경계는 처음에 생각하였던 만큼 간단한 것이 아님이 점차 뚜렷해지고 있단다. 아울러 생물이 지니고 있는 생명이란 과연 무엇인가 하는 점에 대해서도 예전부터 가지각색의 해석이 내려지고 있단다. 생명에 대한 개념을 엄밀히 정의한다는 것은 거의 불가능에 가까운 상태에 있다고들 흔히 말하지! 그래도 그 생명을 지니고 있는 물체, 즉 생물의 특성을 열거하고, 그 특성을 밝히는 것은 그리 어렵지 않을 수도 있단다. 즉, 생장·생식·진화·자극 반응성 등과 같은 다양한 특징들이 생물이 무생물과 다른 특징이 될 수 있고, 생명과 생물의 개념을 규정해 보려는 연구도 이러한 것으로부터 출발하여 이루어지고 있단다. 물론 나도 그 연구를 하고 있단다."

아리스는 마르크의 설명에 빠져들었다.

"더불어 생물은 동물과 식물로 크게 나누는 경우와, 동물·식물·미생물로 나누는 경우, 또는 동물·식물·균류의 세 무리로 나누는 경우로 총 3가지의 경우로 나뉘게 된단다. 세 번째 분류 방식은 균류가 동물과 식물의 양쪽과 유사성을 가질 뿐만 아니라 그 자신의 뚜렷한 특성을 보이는 점에서 비롯된단다. 생물계에는 오늘날까지 알려진 종만해도 200만 종이 넘는다고 하더구나. 이러한 생물의 다양성은 생물의 중요한 특색이라고 할 수 있지. 하지만 생식·유전·호흡·진화 등의 여러 가지 현상은 대다수의 생물에 공통되어 있으며, 또한 동물계에 있어서의 발생양식에는 일정한 규칙성이 있고 녹색식물이 영양을 섭취하는 방식이 같은 것처럼, 다양성이 있는 중에도 통일성을 찾아볼 수 있어. 이 밖에도 세대를 거듭하면서 계속되는 유전과 진화의 현상을 볼 수 있다는 생명의 연속성도 생물의 중요한 특징으로 들 수 있단다. 정리하자면, 생물의 생명현상은 다양성·통일성·연속성이라는 세 가지 측면에서 다룰 수가 있다는 거지. 역시 아직 네가 이해하기에는 조금 어려울 수도 있겠구나. 그래도 너의 질문에 대한 나의 대답에 만족하였니?"

"조금은 어렵지만! 알 것 같아요! 결국 생명이랑 생물의 정의는 완벽하게 차이를 둘 수는 없지만 다만 서로 밀집한 관계를 맺으며 영향을 미친다는 점은 확실히 알겠어요."

"그래! 이렇게 완벽한 정의로 설명할 수 없는 내용들도 많단다. 그렇기에 이 경우를 비추어 보면 우리가 이렇게 하나하나 다 찾아보기보다는 어떨 때는 포괄적으로 보는 것도 하나의 방법이란다. 네가 이렇게 깨달았다는 게 놀랍구나!"

"아니에요 뭘……."

마르크의 칭찬에 아리스는 몸 둘 바 모르고 얼굴만 점점 빨개져 가고 있다. 그런 모습을 보면서 마르크는 아리스에게서 옛날의 엘리자의 모습을 보는 것 같아서 마음 한편으로는 무거웠지만 다른 한편으로는 엘리자를 꼭 닮은 자신의 딸 아리스가 곁에 있다는 것이 너무나도 행복하다는 마음이 들었다. 앞으로의 생활이 기대되는 마르크는 아리스의 머리를 쓰다듬으며 웃었다. 그리고 밖의 정원에서는 작은 새들이 노래하기 시작한다.

인간의 시작, 세포

마르크가 실험의 막바지에 들어가면서 아리스와 생물에 대한 이야기를 하는 시간이 줄어들자 아리스는 보통 낮에 버스를 타고 나가 마을의 작은 도서관에서 생물에 관한 책을 빌려 온다. 조금은 익숙해진 탓일까. 가끔씩은 마을 시장에서 놀고 오기도 한다. 오늘도 어김없이 아리스는 시장에서 놀다가 도서관에 들어갔다. 도서관의 주인인 론은 아리스보다 2살 많은 듬직한 남자아이였다. 키는 아리스보다 훨씬 컸다. 비록 2살 많지만 론은 그 나이에 맞지 않는 점잖고 어른스러운 성격을 가지고 있었다.

론은 항상 아리스가 오면 반갑게 반겨 주며 아리스가 생물에 관심이 많다는 것을 알고 항상 생물에 관한 새로운 책들이 들어오면 아리스에게 알려 주곤 하였다. 도서관의 문을 열자, 도서관의 책들의 작은 먼지가 아리스의 코끝을 간지럽힌다. 문의 초인종 소리가 나면서 론이 들어오는 아리스를 보고 반갑게 인사하였다.

"아리스! 오늘도 역시나 와주었구나! 오늘도 너에게 줄 책들이 몇 권 있어. 어디 한 번 봐봐."

아리스는 항상 티는 안내지만 줄곧 론을 좋아했다. 마을에 혼자 내려와 한때 아리스가 외로워할 때 아리스는 마르크와 함께 시장에 간 적이 있다. 그리고 함께 론의 도서관을 들렀다. 론은 아직 어린아이 였던 아리스를 보고 반갑게 인사해 주었다. 그리고 마르크가 책들을 둘러보고 있을 때 론은 아리스에게 말을 걸었고 그렇게 도서관에 찾 아오는 횟수가 잦아들자, 아리스는 점점 론과 친하게 지내게 되었다. 그렇게 론의 부름에 아리스는 바로 달려가 새로 나온 책들을 확인하 였다.

책을 확인하던 중 아리스는 어디선가 많이 본 듯한 책을 집어 들었 다.

"인간의 시작……. 세포? 이 책은 오두막집에 있던 책이잖아?"

아리스는 잠시 생각에 빠졌다.

"근데, 론! 책에서 인간은 정말 많은 세포로 이루어져 있다고 하는 데 세포가 뭐야?"

"세포가 뭔지 궁금한 거구나! 음. 일단 세포의 정확한 정의에 대해 서 말해 볼까? 세포란 생명 시스템을 구성하는 구조적 단위란다. 다른 말로 하면 생명 시스템에서 생명 활동이 일어나는 기능적 단위라고도 한단다. 말이 조금 어렵나? 아리스, 모래성은 무엇으로 만들지?"

"당연히 모래로 만들죠."

"그래, 바로 그거야! 모래성은 모래로 만들고 블록 쌓기는 블록으로 만들어지지. 그렇다면 우리의 몸은 무엇으로 되어 있을까? 우리의 몸도 역시 작은 블록들로 이루어져 있단다. 우리는 이것을 세포라고 부르는 거란다. 세포는 매우 작아! 세포는 기능적인 특징에 따라 크기가 다양하지만 대부분은 마이크로미터 단위로 육안으로 확인하기는 거의 불가능해서 현미경으로 관찰해야 보인다고 해. 여기서 마이크로미터는 10^{-6}m와 같은 길이를 말한단다. 정말 작지? 지금의 우리가 이렇게 작은 세포의 안을 보기 위해 연구하고 있어. 지금까지 세포 안에는 정말 많은 것이 발견되었지. 먼저 세포에는 둥근 모양의 핵이 있어. 핵 속에는 세포를 유지하고 새로 만드는 데 필요한 모든 정보가 다 들어 있어. 한 마디로 도서관과 같은 곳이지. 지금 이곳, 도서관을 떠올려 보렴. 이 핵이라는 큰 도서관 속에서 태어날 아이의 머리색, 눈동자색, 생김새 등 정말 다양한 정보들이 있어. 그 다음으로 중요한 세포소기관은 바로 미트콘드리아란다. 우리 몸에 꼭 필요한 단백질을 만들어

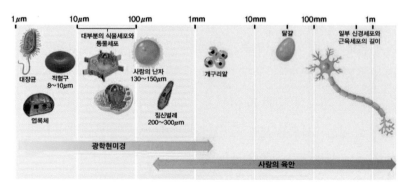

▲ 세포의 크기

주는 리보솜, 세포 내 단백질과 지방을 적절히 나누고 보내주는 골지체도 있단다. 차례차례 설명해 줄게. 먼저 생각해 보자. 아리스, 나에게 책을 빌리러 갔을 때 그 책을 다시 돌려 주어야 다른 사람이 볼 수 있다는 것은 알고 있지?"

"응. 당연하지. 책이 사라지면 그 다음 사람이 그 책을 읽을 수 없잖아."

"그래! 그렇기 때문에 이 큰 도서관인 핵 속에 있는 정보들도 함부로 뺄 수 없단다. 그렇기에 이런 정보들을 빌려 가는 것과 같은 행동을 하지. 그 역할을 하는 것이 바로 RNA란다. 이 RNA가 핵 속에 있는 다양한 정보들인 DNA를 그대로 복사하여 핵 밖으로 가져갈 수 있는 역할을 한단다. 이 과정을 전사라고 하지.

더 자세하게 얘기하면 DNA는 두 가닥의 정보들을 저장해 놓은 이중 나선 구조란다. 이 이중 나선 구조 중 하나의 가닥을 전사하여 만든 것이 바로 RNA라고 할 수 있지. 그렇게 이 RNA가 핵 밖으로 나오게 되고 안에 전달하는 과정 끝에 리보솜에게로 간단다. 이때 리보솜은 아주 중요한 역할을 한단다. 바로 그것은 들어 있는 유전 정보에 따라 아미노산이 결합되어 단백질을 합성한단다. 이 과정을 번역이라고 하고, 이 전사와 번역을 모두 통틀어 생명 중심원리라고 해."

"그나저나 아미노산, 유전정보, 단백질, 정말 어려운 말투성이지? 이 거는 아리스, 네가 우리 도서관에서 더 많은 책을 읽고 나면 자세하게 얘기해 줄게. 일단 이 세포가 어떻게 이루어져 있는지만 알기로 하자."

"그런데 이렇게 작은 세포들은 어떻게 발견되었어? 누가 발견한 것일까?"

"세포를 제일 먼저 발견한 사람은 1665년 로버트 훅이야. 현미경으로 얇게 자른 코르크를 관찰하여 최초로 세포를 발견했지. 코르크 조각의 단면이 벌집과 같이 작은 방으로 이루어지는 것을 보고 이 작은 방과 같은 구조를 세포라고 불렀단다. 근데 사실 그가 발견한 것은 지금 와서 연구해 보니 죽은 세포의 세포핵이었던 거지. 조금은 안타깝지만 좋은 시도였다고 해.

그렇게 죽은 세포의 세포핵이었던 사실을 모른 채 사람들은 몇 백 년 동안 그렇게 믿고 있었어. 그러던 중 1838년에 슐라이덴이 식물이 세포로 이루어져 있는 것을 발견했어. 이것이 바로 식물세포설 발표란다.

이후 1839년에 슈반이라는 학자가 동물이 세포로 이루어져 있음을 발견했어. 이게 또한 동물세포설 발표이지."

론의 지식도서관

식물 세포와 동물 세포에는 어떤 차이가 있나요?

세포 안에 있는 것 중에는 동물 세포에서만 관찰되는 것도 있고, 식물 세포에서만 관찰되는 것도 있단다. 그럴 수밖에 없겠지? 같은 생물이지만 동물과 식물은 아주 다르니까. 식물 세포와 동물 세포의 차이점을 알아보기 전에 식물과 동물의 차이점을 얘기해 볼까? 분명 하는 일에 따라 세포의 구조도 달라진다고 했으니까, 생물체의 차이점을 안다면 구조의 차이도 쉽게 알수 있을 거야.

우리가 앞 장에서 얘기했던 생물 중에서 개구리는 동물, 봉숭아는 식물이야. 둘을 구분한 기준은 무엇일까? 개구리는 움직일 수 있고, 봉숭아는 움직일 수 없다고? 맞아! 운동을 할 수 있느냐, 없느냐가 식물과 동물을 구분하는 기준이 될 수 있겠지. 또 다른 건 없을까? 정말 중요한 건데 잘 생각해봐. 가장 행복한 순간을 생각해 봐. 먹을 때! 맞아. 동물은 외부의 음식물을 먹음으로써 양분을 얻지만, 식물은 스스로 양분을 만들어서 생활하지. 그게 제일 큰 차이라고 할 수 있어. 그래서 세포의 구조에서도 차이가 난단다.

미토콘드리아는 양분과 산소를 이용하여 에너지를 만들어 내는 일(양분 분해)을 한다고 했지? 그럼 반대의 일은 뭘까? 에너지를 이용해서 양분을 합성하는 과정이겠지? 그 일을 하는 곳이 바로 엽록체란다. 햇빛을 이용해서 자신이 살아가는 데 필요한 양분을 합성할 수 있다는 게 식물을 식물답게 만드는 대목이지. 그런데 별로 부럽지는 않네. 우리도 식물처럼 스스로 양분을 합성해서 살아갈 수 있다면, 먹는 즐거움은 없을 테니까. 그래도 비상용으로 엽록체를 좀 가지고 있어서 정말 배고플 때 사용할 수 있다면 참 재미있을 거야.

식물 세포와 동물 세포 중에서 어느 것이 더 단단할까? 동물 세포라고? 그럼 지금 네 얼굴 한번 만져 보고, 나무줄기를 한번 만져 봐. 자기 얼굴이 단단하다고 느낀 사람은 정말 얼굴 두꺼운 사람! 식물은 동물과 달리 세포막 바깥쪽에 세포벽이라는 구조가 하나 더 있어. 그래서 식물 세포는 비교적 규칙적으로 배열되어 있고, 모양도 일정한 편이야. 그에 비해 동물 세포는 둥근 모양으로 보이는 경우가 많지.

주로 식물 세포에서 발달하기 때문에 식물 세포의 특징이라 할 수 있어. 당, 색소, 산, 염류 등이 물과 함께 용액의 형태로 존재하고 있지. 영양 물질도 들어있지만 주로 노폐물을 담고 있단다. 식물의 체내 화장실 정도로 표현하면 될까? 그래서 주로 늙은 세포에서 많이 볼 수 있어. 또 액포는 세포벽이 세포를 잘 지탱하도록 압력을 넣기도 한단다.

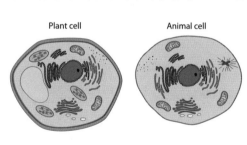

Plant cell   Animal cell

그럼 식물 세포에는 없는 것이 동물 세포에서 관찰되는 것은 없을까? 있지. 중심체라는 건데 두 개의 아주 가늘고 짧은 원통형의 관으로 구성되어 있어. 동물의 모든 세포에서 발견되는 것은 아니지만 동물의 운동이나 세포분열에 관여한단다. 세포 내부로의 긴 여행이 끝났다. 힘들지? 그럼 잠깐 쉬었다 갈까.

사진 속 똑같은 사람들

아리스는 여전히 매일매일 마르크에게 생물에 관한 이야기를 듣는다. 여전히 모르는 말투성이지만 아리스에게 생물학이야기는 그 어느 때보다도 새롭고 흥미로웠다. 그래서인지 매일 새로운 이야기로 아리스에게 말해 주는 마르크도 그녀가 기뻐하는 모습을 보며 하루하루를 행복하게 지내고 있다. 그렇게 둘은 엘리자의 빈자리를 밝은 빛으로 가득 채우며 매일을 행복하게 지내고 있다.

오늘의 이야기는 유전자에 관한 이야기였다.

"아리스, 코는 나를 닮고 눈은 엘리자를 닮았구나! 왜 자식들은 부모를 닮았을까? 여기서 우리가 오늘 배우게 되는 것이 유전이란다. 유전이란 부모의 특징이 자식에게 그대로 나타나는 것을 말한단다. 좀 더 자세하게 알아 볼까?"

"네. 설명해 주세요."

"아리스, 너의 머리카락 색, 코의 모양, 목소리, 모두가 이런 유전을 통해 만들어진단다. 이런 정보를 담고 있는 부분은 유전자라고 하지. 지금으로부터 100년도 훨씬 전, 오스트리아에 멘델이란 수도사가 살았단다. 그는 수도원 정원에서 콩을 재배했지. 그리고 여러 가지 다른 모양의 콩을 교배해서 키우면 세대마다 모양이 다른 콩이 열린다는 것을 관찰했단다. 이 결과를 정리해서 유전이라는 것을 처음 과학적으로 풀이했지. 그가 발견한 유전의 법칙은 '멘델의 법칙'이라고 한단다. 수정란이 만들어질 때, 정자에는 아빠 쪽의 유전 정보가 들어 있고, 난자에는 엄마 쪽의 유전 정보가 들어 있단다. 이 두 사람의 정보가 잘 섞여서 아기에게 전달되지. 그래서 우리는 엄마와 아빠를 고루 닮게 되는 것이란다. 여기에서 더 내용을 붙이자면……. 그런데 유전자의 힘은 다 같은 것이 아니란다. 좀 더 강하게 나타나는 특징을 '우성'이라고 하고, 약해서 잘 나타나지 않는 특징을 '열성'이라고 한단다. 쌍꺼풀이나 갈색 머리. 보조개는 우성이고, 금발 머리는 열성이지."

"그렇군요! 그렇다면 유전의 역사에 대해서도 알고 싶어요!"

"역시! 아리스, 그래 내가 알려 주마! 조금은 어려운 얘기가 되겠구나. 한 번 들어보렴."

"일반적으로 과거 사람들이 유전에 대해서 가지고 있는 개념은 혼합 가설이었단다. 특히 몸속의 액체를 통한 혼합이 유전의 원인이라고 생각했기 때문에, 인간이 생식을 할 때에도 남성의 정액이 여성의 몸속으로 섞여 들어가서 유전 현상이 나타난다고 생각했지. 이 정액은 피와 본질이 같다고 생각했기 때문에, 현재에도 순수혈통, 혼혈 같은 단어 속에 '피'라는 개념을 중요하게 여긴 것을 엿볼 수 있어.

이러한 개념을 좀 더 발전시킨 것이 판게네시스(pangenesis)라는 이론이란다. 이 이론은 원자론으로 유명한 그리스의 철학자 데모크리토스가 처음 만들었는데, 원자와 같은 입자의 존재를 믿은 데모크리토스는 동물의 혈액 속에도 이러한 입자가 있다고 생각하여 아버지와 어머니의 혈액 속에 들어 있는 입자가 섞여서 자식의 특성을 결정한다고 생각했단다. 이 발상은 진화론을 창시한 찰스 다윈(C. Darwin)에게도 그대로 이어져서, 다윈은 이러한 입자를 제뮬(gemmule)이라고 하고, 이 입자들이 신체 각 기관에서 만들어져서 혈액을 통해 흩어진다고 생각했어.

이러한 경향을 크게 바꾼 것은 오스트리아의 수도사였던 그레고르 멘델(G. J. Mendel)이지. 멘델은 완두콩을 이용한 여러 실험을 통해서 현재 멘델의 법칙이라 불리는 세 가지 법칙을 발견함으로써 유전 원리를 처음 과학적으로 밝혀냈단다.

멘델의 발상은 부모 세대에서 자식 세대에 물려 주는 특정한 인자가 물질 형태로 존재한다는 것이고, 이것은 액체처럼 중간 단계를 가지고 섞이는 것이 아니라 어느 한쪽이 다른 쪽을 누르는 형태로, 확실한 성향을 가지고 나타난다는 것이다. 이런 식으로 환원할 수 있는 물질 입자는 이후 과학 발전에 따라 유전자로 밝혀졌으며, 멘델의 추측은 옳은 것으로 판명되었단다.

멘델은 이러한 결과를 1865년에 발표했으나 그 당시에는 큰 반응을 불러일으키지 못했고, 멘델이 1884년에 죽은 후 16년이 지난 1900년에 와서야 다시 그 업적이 발굴되었다지. 1900년에 카를 코렌스(C. Correns), 체르마크(E. V. Tschermak), 휘호 더 프리스(H. de Vries) 세 명의 과학자가 같은 시기에 멘델의 연구를 다시 발견하여 멘델의 업적은 세상에 알려졌고, 그 이후 유전에 대한 멘델의 법칙은 생물학에서 가장 영향력 있는 업적이 되었다고 한단다.

멘델의 법칙이 증명된 이후 과학자들은 실제로 멘델이 예상했던 유전 물질이 무엇인지를 찾아내는 데 집중했고 1903년 메뚜기를 가지고 연구하던 서튼(W. S. Sutton)은 이러한 유전 물질이 세포의 핵 안에 있는 염색체에 있다는 이론을 발표하게 된단다.

또한 1902년에도 독일의 세포학자인 테오도어 보베리(T. H. Boveri)가 이러한 이론을 생각한 것으로 알려졌지만 직접 이론을 발표하지는 않았어. 이들은 염색체가 정자, 난자에서 둘로 쪼개졌다 수정될 때 하나로 합쳐진다는 현상을 관찰하고, 멘델이 가정한 유전 인자가 염색체에 있음을 제기했단다. 이러한 염색체 이론은 토머스 모건(T. H. Morgan)이 초파리를 가지고 수행한 일련의 연구에서 완전히 증명되어, 모건은 이 업적으로 1933년에 노벨상을 받게 된단다.

또한 1909년에는 요한센(W. Johannsen)이 이러한 유전 인자에 유전자(遺傳子 : gene)라는 이름을 붙여졌지. 하지만 염색체는 단백질과 DNA로 구성되어 있었기 때문에 이 당시에도 아직 유전 물질이 정확히 무엇인지는 알려지지 않았단다. 이후 1928년에 그리피스(F. Griffith)가 폐렴균을 가지고 한 실험을 1944년에 에이버리(O. Avery), 맥클레오드(C. Macleod), 매카티(M. McCarty)가 소개하면서 DNA가 유전자를 구성하는 물질이라는 사실이 밝혀지게 되었고 1953년에 왓슨(J. D. Watson)과 크릭(F. Crick)이 DNA의 이중나선 구조를 밝히고, DNA에서 RNA로, RNA에서 단백질로 정보가 전달되어 유전 형질이 드러난다는 중심원리(central dogma)를 만들어 냄으로써 유전에 대한 중요한 원리가 대부분 밝혀졌단다.

유전이라는 현상이 DNA상에 존재하는 유전자의 물리적인 법칙에 의해 지배된다는 사실이 알려지면서 생물학은 엄청난 발전을 하게 되었지. 현재는 염색체에 있는 DNA가 복제되어 동일한 생물 개체를 만들어 낼 수 있다는 사실이 널리 받아들여지고 있으며 이 DNA가 실제로 생물을 만들어 내기 위해 작동하는 방식도 잘 알려져 있어.

인간이 이용하는 동물이나 식물에 있어서, 이러한 유전 원리를 파악함에 따라 더욱 과학적인 육종(育種)이나 품종개량(品種改良)을 할 수 있게 되었으며 여기에는 유전자를 직접 조작하는 유전자재조합생물체(GMO: genetically modified organism)도 포함된단다. 의학 분야에 있어서도 여러 가지 유전병의 원인을 유전학의 발전을 통해 알아낼 수 있게 되었다고 하지. 유전의 메커니즘이 많이 밝혀진 1950년대 이후에도 생물학은 끊임없는 발전을 하여, 현재는 앞서 이야기한 고전적인 유전학에 따르지 않는 여러 가지 예외 사항도 계속 발견되고 있지만 아직 고전적인 유전학은 생물학 전체에 걸친 학문적인 기반으로 계속 자리 잡고 있다니……. 대단하지 않니?… 그만큼 유전학이라는 것은 우리가 알지 못하는 끝없는 세계가 연결되어져 있단다. 아리스, 나중에 네가 어른이 되었을 때는 또 어떻게 변화되고 성장해 있을지 궁금하구나."

"그렇군요! 나중에 더 발전하게 된다면 제가 먼저 찾아내고 말거예요! 그런 의미에서 유전자에 대해 더 알고 싶어요. 마르크, 서재에 가서 책을 더 찾아봐도 될까요?"

"음……. 당연하지!"

아리스가 마르크의 허락을 받아 마르크의 서재를 둘러보고 있었다. 정말 생물학자의 방을 다르다고 할까나. 정말 많은 생물책들이 책장을 가득 채워져 있다. 아까 마르크에게 배운 유전자에 대한 책을 찾기 위해 책을 하나하나 꺼내 보고 있었다.

갑자기 옆의 책이 같이 떨어져 버렸다. 아리스는 그 책을 주워서 책장에 다시 끼워 넣으려고 하였다. 근데 책제목이 없는 책이었다. 책 중에 책제목이 없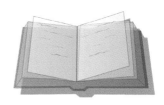

는 책이 있을까? 하는 생각을 하며 아리스는 책을 집어 들어 표지를 열어 보았다. 책의 첫 장에는 아리스의 가족들의 이름이 적혀 있었다.

그렇게 책의 두 번째 장을 넘기니 놀라운 것이 있었다. 바로 아리스의 가족사진이었다. 아리스의 어릴 때의 사진, 엘리자가 화분에 물을 주고 있는 사진, 마르크가 처음으로 생물학자로서 인정을 받은 날, 그리고 가족이 함께 웃고 있는 얼굴을 하고 있는 사진…….

정말 많은 사진들이 그 책을 가득히 채우고 있었다. 책을 뒤로 넘길수록 더욱 더 놀라운 것이 보였다. 바로 엘리자, 그녀의 엄마의 어릴 적 사진이었다. 아리스는 엘리자의 사진과 자신의 어릴 적의 사진이 너무 똑같아서 깜짝 놀랐다. 평소 아리스는 엄마인 엘리자와 닮았다는 이야기는 많이 들었었다. 아리스의 할머니도 역시 매번 아리스를 보며 엘리자와 꼭 닮았다고 말하곤 했다. 사실 엘리자의 갑작스러운 사고 이후 아리스는 엘리자에 대한 기억을 정리할 새도 없이 마르크에게 오게 되었다. 아무도 그 어린 소녀에게는 신경 쓰지 못했다. 그래서인지 오랜만에 보는 엄마의 웃고 있는 사진을 보면서 아리스는 어느 마음 한 곳이 먹먹해지는 기분이 들었다. 아무도 물어보지 않았던 아리스의 마음을 사진이 대신해서 물어봐 주는 듯했다. 그렇게 가족사진을 하나하나 눈에 새기던 중이었다.

"똑똑."

갑작스러운 노크소리에 아리스는 깜짝 놀라 책을 떨어뜨리고 말았다. 뒤를 바라보니 어두운 표정을 하고 있는 마르크가 서 있었다.

"아리스, 그 책을 보고 있어서 내려오지를 않았구나."

아리스는 잠시 말을 잇지 못하고 그 책을 슬그머니 주워 마르크를 보며 얘기하였다. 아리스의 눈은 점점 눈물로 가득 차기 시작했다.

"제가 엄마를 많이 닮았나요?"

목이 멘 듯 아리스의 목소리를 떨리고 있었다. 그런 안쓰러운 어린 아이의 모습을 보니 마르크도 그 마음은 편하지 않았다. 마르크는 잠시 침묵하다가 대답하였다.

"엘리자는 너를 많이 아꼈단다. 그래서 우리가 헤어질 때도 일부러 너를 데리고 가겠다고 말했지. 아리스, 엄마는 너를 많이 사랑했단다. 그 마음은 내 마음이 부끄러울 정도로 대단했단다. 사실 나도 엘리자가 죽은 것에 대해서는 많이 힘들었단다. 매일을 힘들게 보냈지. 그러던 중 팬던트 부인이 너를 데리고 왔고, 엘리자를 닮은 너는 나한테 큰 위안이 되었단다. 항상 행복하게 웃고 있는 너를 보고 있으면 엘리자의 빈자리가 허전하지 않았단다. 주변에서도 많이 얘기했을 거야. 하지만 이 아빠는 네가 이 하나만 알아 주었으면 좋겠구나.

아리스, 너는 엘리자처럼 아름답고 행복한 아이야.

그렇기에 엘리자가 너를 믿고 있단다. 그러니 더는 슬프지 않았으면 하는 게 내 바람이란다, 아리스."

어린아이에게는 다소 큰 충격이었을 엘리자의 죽음은 이 말 한 마디로 마음의 상처가 서서히 아물고 있다. 그리고 다시 엘리자의 사진을 보며 아리스는 더 이상 슬퍼하지 않기로 하였다.

이후 아리스는 이 책을 자신의 손에 꼭 쥐고 다니며 더 행복하게 웃는 아이가 되었다. 더 이상 아리스는 슬픈 소녀가 아니다. 지금 아리스 그녀는 그 누구보다도 행복하게 기쁨이 넘치게 살아가는 한 오두막 집의 작지만 강한 아이이다.

엄마 하나, 아이 둘

오늘은 론과 함께 마을에서 열리는 큰 잔치에 가기로 한 날이다. 아리스는 론과 함께 있을 생각을 하니 몹시 기분이 좋은 모양이다. 그런 아리스를 바라보는 마르크 역시 그녀가 점점 이 마을에 적응해 나가는 것 같아서 안심되면서 흐뭇해했다. 아리스는 평소 입지 않던 고급스럽고 단아한 장식들이 있는 하얀 원피스를 입고 머리에는 아주 귀여운 하얀 머리끈으로 머리를 가지런히 묶었다. 그리고 평소와 다르게 입술에 예쁜 색을 바르고 볼에도 조금 묻혀 볼을 불그스레하게 하니 아리스는 그 누구보다도 여성스러운 아름다움을 지닌 아이가 되었다.

그렇게 짐을 싸들고 마르크에게 인사를 건네고 난 뒤 가벼운 발걸음으로 론을 만나기 위해 마을의 광장으로 갔다. 평소 마을을 갈 때에는 버스를 타고 갔다. 오늘도 여느 때와 다름없이 그녀는 버스를 타고 가는 중인데 그 어떤 날보다도 시간이 너무 느리게 흐르는 것 같았다. 항상 가는 길에는 노란 꽃인 개나리가 길을 열어 주고 푸른 소나무가 그 길을 꿋꿋이 지키는 듯했다. 하지만 오늘따라 그 수가 너무나도 많아서 그 길이 끝이 없는 듯했다. 그렇게 세상에서 제일 길었던 여행을 마치고 버스에서 내리자, 바로 광장 앞에 기다리고 있는 론이 보였다. 아리스는 마지막으로 머리를 정리해서 거울을 보더니, 바로 론에게 달려갔다. 론은 여느 때와 다름없이 다정한 미소를 띠면서 아리스를 맞이했다.

"아리스! 왔구나. 어서 가 보자. 이미 공연이 시작했어!"

그렇게 큰 종소리가 함께 마을의 잔치는 시작되었다. 아리스는 처음 왔을 때의 그 낯가림은 어느 새 사라지고 지금은 행복한 웃음만이 그녀를 가득 채웠다. 그렇게 론과 함께 맛있는 음식들도 먹고 광장에서 흘러나오는 노랫소리에 맞춰 흥얼흥얼 거리며 길거리를 걸어가고 있었다. 그때였다.

누군가가 아리스의 가방을 가지고 달아났다. 길거리에 사람들이 너무 많이 붐볐던 탓에 아리스는 그만 가방도둑을 놓치고 말았다.

"론. 어떡하지? 가방을 도둑맞았어!"

아리스는 어쩔 줄 몰라 했다. 론은 그런 그녀를 안정시키면서, 그녀에게 가방도둑의 모습을 기억하는 지 물어보았다. 몇 분 뒤, 안정이 된 아리스는 가방을 도둑맞았던 당시 상황을 차례차례 기억하며 그가 뛰어갔던 방향으로 뛰어갔다. 그렇게 희미해져 가는 기억을 더듬으며 그 주변을 살펴보고 있을 때였다. 저기 어두운 골목에서 이상한 말소리가 들렸다.

"뭐야……. 별거 없네. 맛있는 게 하나도 들어 있지 않아."

그 말을 들은 아리스와 론은 그들이 가방도둑임을 확신했다. 그렇게 그 어두운 골목으로 천천히 들어갔다. 의외였다. 그들이 마주친 사람은 다름 아닌 작은 소년들이었다. 아리스와 론은 마주친 소년들은 깜짝 놀라며 뒤로 넘어졌다. 넘어진 그 두 아이는 신기하게도 똑같이 생긴 아이들이었다. 아리스는 넘어져 있는 그들에게 물었다.

"누가 내 가방을 훔쳤지? 지금 너희들이 들고 있는 가방은 내 것이야. 둘 중에 누구야?"

아리스는 도둑맞았을 당시의 얼굴을 더듬으며 말했다.

"아! 너, 네가 가방도둑이지?"

아리스는 확신에 찬 듯 오른쪽에 있는 아이를 짚었다. 하지만 그 아이는 금방이라도 울듯이 말하였다.

"아니에요……. 저는 가방을 훔치지 않았다고요……."

옆에 있는 험악한 얼굴을 하고 있는 아이가 말했다.

"저도 아니에요! 아니란 말이에요!"

"저는 절대로 아니에요……. 믿어 주세요……. 흑흑"

결국 울음이 터졌고, 옆에 있던 험악한 얼굴의 아이는 화를 내며 말하였다.

"어휴……. 조용히 좀 해. 이 바보야. 죄송해요. 사실은 우리가 훔친 것이 맞아요.……. 죄송해요. 너무 심심해서 그만… 죄송해요…"

고집이 엄청 세서 사과도 안 할 것 같은 그 아이도 죄책감에 그만 눈물을 보이기 시작했다. 그런 상황에 론은 두 아이를 달래며 다시는 그러지 않겠다고 약속도장까지 받아내고 있었다. 그렇게 이 말썽꾸러기 두 아이 때문에 이미 해는 저물어 가고 있었다. 이렇게 허무하게 하루가 끝났다는 생각에 아리스는 조금씩 마음이 우울해져갔다. 아무래도 많은 기대를 하고 축제를 왔기 때문일 것이다. 아리스는 슬픈 얼굴로 바닥에 떨어져 있는 가방을 주우며, 론에게 말했다.

"론, 인제 집에 가자. 해가 지고 있어."

론은 아리스의 실망한 얼굴을 보았지만 늦은 시각에 더는 놀 수 없다고 생각했던 그는 결국 아리스를 집으로 보내기로 했다. 그때였다.

"에븐! 마론! 거기서 뭐하니, 아이들아?"

이 두 아이들의 이름인 듯했다. 바구니에는 채소와 과일이 잔뜩 들어있고 양손에는 짐을 들고 있는 한 아주머니가 이리로 걸어오며 말을 하였다. 아리스와 론은 무슨 영문인지를 모르고 아이들을 쳐다보았다. 아이들은 그 목소리를 듣자마자, 얼굴이 사색이 되면서 오늘 처음만난 아리스와 론 뒤에 숨었다. 아주머니가 가까이 오고 아리스와 론에게 말을 건넸다.

"혹시……. 저의 아이들이 무슨 일을 저질렀나요?"

론은 대답했다.

"아……. 사실은 아이들이 제 친구의 가방을 들고 달아나서요. 가방도 찾았고 아이들도 사과까지 했으니 인제 괜찮아요."

아주머니는 화들짝 놀라며 아이들에게 말했다.

"가방을 훔쳐? 이게 어떻게 된 거니 에븐! 마론! 남의 가방을 훔치다니!"

"죄송해요……."

"맞아요, 엄마, 죄송해요."

"휴……. 이 말썽꾸러기들……. 죄송해요. 저는 이 아이들의 엄마인 메리다에요. 저희 아이들이 워낙 장난이 심해서 제가 다시 사과드리죠, 죄송해요."

론과 아리스는 괜찮다며 아이들을 너무 혼내지 말라고 하였다.

"보아하니, 저희 아이들 때문에 축제도 제대로 즐기지 못하셨을 텐데……. 제가 사과의 의미로 식사를 대접해도 될까요? 꼬마 손님들?"

론과 아리스는 마지막으로 축제를 즐길 수 있는 기회가 생긴 것 같아서 승낙했고 그렇게 그들은 메리다의 집으로 향했고, 식사를 대접받게 되었다.

식탁에는 빵, 수프, 고기 뭐 하나 틈 잡을 것 없이 완벽했다. 향기가 먼저 코를 유혹하고 그 맛은 또 어떤가. 메리다는 완벽한 요리사였다. 그렇게 성공적인 식사를 하며 웃음꽃이 피었다. 이야기를 나누다보니 에븐과 마론도 나쁜 아이들은 아니었다. 단지 장난이 너무 심해 마을에서도 유명하다며 매일 그 둘을 수습해 다니는 게 일이라며 메리다는 말했다. 그렇게 아주 정겹고 따뜻한 시간을 보내고 있었다. 그때 아리스가 물었다.

"근데, 마론과 에븐은 똑같이 생겼네요? 어떻게 이렇게 똑같이 생길 수가 있죠? 처음에 그래서 누가 가방을 훔친 지도 몰랐어요."

옆에 있던 에븐이 말했다.

"아니야! 우리는 다르다고. 나는 저 바보랑 같지 않아!"

그 옆에 있던 마론은 말했다.

"우리는 쌍둥이에요. 저도 인정하기는 싫지만 에븐과 저는 생김새가 비슷한 쌍둥이에요."

메리다가 에븐과 마론을 같이 안으며 말했다.

"쌍둥이라고 모두 이 둘처럼 똑같이 생긴 것은 아니랍니다. 생김새나 피부색도 다르고, 심지어 성별도 다를 수가 있단다. 너희들이 알고 있는 쌍둥이와는 조금 다를까나? 더 자세하게 얘기한다면, 엄마의 난소에서는 원래 난자가 한 달에 한 개만 나오지만. 가끔 난자가 두 개가 나올 때도 있단다. 그리고 아빠의 정자들이 이 두 개의 난자를 모두 만나서 두 개의 수정란을 만들 수 있게 되지."

유심히 듣고 있던 론이 말했다.

"그렇게 엄마 배 속에서 두 개의 수정란이 동시에 자라게 되면서, 두 명의 아이가 한꺼번에 생기는 거군요!"

"맞아! 이렇게 생긴 쌍둥이를 우리는 흔히 이란성 쌍둥이라고 부르게 된단다. 그래서 이란성 쌍둥이는 서로 다른 난자와 정자가 만나서 만들어지기 때문에 다른 생김새와 성격을 가지게 되는 거지."

아리스가 이해한 듯 말했다.

"근데 우리가 흔히 알고 있는 쌍둥이는 일란성 쌍둥이잖아요. 이 둘을 왜 같은 생김새나 성격을 지닌 것인가요?"

"아리스가 참 정확하게 질문했어! 일란성 쌍둥이는 난자 한 개와 정자 한 개가 만나서 하나의 수정란을 만들지만, 수정란이 처음에 두 개로 쪼개져서 커 가기 시작한 거란다. 하나의 수정란에서 나왔기 때문에, 이렇게 태어난 쌍둥이는 생김새가 구별하기 힘들 정도로 닮았단다. 자라면서 당연히 조금씩은 달라지기도 하지만 키도 거의 비슷하고, 안경을 쓰는 것도 비슷하더구나. 일란성 쌍둥이는 성격까지도 비슷해서, 비슷한 취향을 보이기도 하지. 태어나자마자 헤어진 쌍둥이가 나중에 만나 보니 같은 직업을 가진 경우도 있다고 하더구나."

"메리다, 쌍둥이는 당신에게 두 배로 기쁨을 주지만, 힘듦도 두 배가 되지 않나요?"

"그 질문이라면. 이렇게 대답해야겠구나. 많은 임산부들은 쌍둥이를 가졌다는 소리를 처음 들었을 때, 기쁨과 환희보다는 두려움과 당혹감을 먼저 느낀다고 해. 이런 비율은 초산부에게서보다는 경산부에게서 더 올라가지. 아이를 한 번 키워 봤기에 아이를 하나 키우는데 드는 품이 결코 헐하지 않다는 것을 잘 알기 때문이란다. 그런데 한꺼번에 둘이라니! 이들의 머릿속에서는 순식간에 쌍둥이 유모차에 나란히 누워 잠든 두 명의 아기에게서 시작해 빨랫줄에 걸린 똑같은 잠옷 두 벌을 지나, 엄청난 액수가 찍힌 학교 등록금까지 파노라마처럼 펼쳐지면서 순간 아찔해진단다. 하지만 그만큼의 행복은 두 배라고 할 만큼 나는 너무나도 행복하단다. 비록 저렇게 매일 사고만 치고 다녀도 나는 저 아이들이 행복하게 웃는 모습을 볼 때마다 어찌나 그게 행복하던지. 그 마음은 모든 아이를 두고 있는 엄마와 아빠들의 마음일 거야. 어때 이 정도면 대답이 충분할까?"

아리스와 론은 느꼈다. 메리다가 에븐과 마론은 얼마나 사랑하는지. 그렇게 즐거운 시간은 보내고 아리스와 론은 메리다와 아이들과 헤어져 버스를 타고 다시 집으로 돌아왔다. 그렇게 둘도 인사를 했다.

"론, 오늘 같이 가자고 해 줘서 고마워. 그 어느 때보다 행복했어!"

"응! 나도 너무 즐거웠어. 아리스! 저기 그게……."

아리스는 무언가를 말하고 론을 보며 말했다.

"론? 왜 그래? 할 말 있어?"

"아리스, 오늘 너무 재미있었어. 웃는 모습 보니까 너무 좋았어. 앞으로도 이 마을에서 나와 같이 많은 좋은 추억 쌓자!"

아리스는 그 말을 듣는 순간 그 누구보다도 날아갈 것처럼 기분이 몹시 좋았다. 그래도 그 기쁨을 꾹 참고 아리스는 조신하게 답했다.

"응! 고마워, 론 항상. 잘 가! 내일 봐."

그렇게 둘은 서로의 집을 향해 가벼운 발걸음으로 걸어갔다. 그들을 위에서 바라보고 있는 하늘의 별들은 그들의 속삭임에 흐뭇해하듯이 환히 빛나며 그들의 가는 길을 밝혀 주었다. 어쩐지 오늘 밤은 아주 길 듯하다.

제 3장

아리스, 그녀의 마지막 이야기

그렇게 몇 년 후, 아리스는 의젓한 아이가 되었다. 지금도 여전히 마르크에게 생물의 이야기를 듣는다. 그녀는 요즘 의학에 대해서 마르크와 함께 공부하고 연구하고 있다. 옛날 어릴 적부터 마르크에게 생물이야기를 많이 들어왔던 탓에 아리스는 생물에 점차 관심을 가지게 되었고, 그녀에게 생물은 이 세계의 최고의 친구가 되었다. 생물학자였던 마르크에게 영향을 받은 아리스는 생물학자인 그와는 다르게 의사가 되기로 결심하였다. 지금까지 그녀의 이야기는 다음과 같다. 행복하게 살던 한 소녀는 자신의 어머니의 갑작스러운 죽음의 소식에 충격을 받고 매일매일을 외롭게 살아왔다. 그런 그녀를 어둠 속에서 구출해 준 것이 바로 그녀의 아버지인 마르크와의 만남이었다. 그녀는 한때 자신의 남은 길이 어둠만이 가득 차 있을 줄 알았지만. 오히려 지금의 아리스는 그 어둠을 뚫고 자신의 고통을 극복하여 새로운 길을 걸어 나가고 있다. 그리고 라이마더스라는 마을에 가서 많은 친구들과 만나면서 그녀는 점점 성장해 갔다. 그녀는 마을에서 작은 서점을 운영하는 의젓한 론을 만나게 되면서 그녀의 얼굴에는 점점 행복의 미소가 가득해져 갔다. 그렇게 그녀는 지금 그 누구보다도 행복한 아이로 살고 있다. 엘리자의 죽음에 대해서 더 이상 슬퍼하지 않고 오히려 앞으로 나아가기 위해 발버둥치고 있는 그녀가 바로 아리스이다. 아리스는 인제부터 열심히 공부해서 그 누구보다도 훌륭한 의사가 되기 위해 노력하고 있다. 앞으로 그녀에게 힘들 시기가 찾아올 테지만 그녀의 곁에는 정말 많은 따뜻한 사람들이 있기에 그 또한 극복해 나가지 않을까라는 기대를 한다.

"아리스는 행복한 아이이다."

032

이예은

오감도(烏瞰圖) - 시제 1 호
이상

13인의아해(兒孩)가도로로질
주하오
　(길은막다른골목이적당하오)
제1의아해가무섭다고그리오
제2의아해도무섭다고그리오
제3의아해도무섭다고그리오
제4의아해도무섭다고그리오
제5의아해도무섭다고그리오
제6의아해도무섭다고그리오.
제7의아해도무섭다고그리오
제8의아해도무섭다고그리오
제9의아해도무섭다고그리오
제10의아해도무섭다고그리오
제11의아해도무섭다고그리오
제12의아해도무섭다고그리오
제13의아해도무섭다고그리오

13인의아해는무서운아해와무
서워하는아해와그렇게뿐이모였소
　(다른사정은없는것이차라리나았소)
　그중에1인의아해가무서운아해
라도좋소
　그중에2인의아해가무서운아
해라도좋소
　그중에2인의아해가무서워하
는아해라도좋소
　그중에1인의아해가무서워하
는아해라도좋소
　(길은뚫린골목이라도적당하오)
　13인의아해가도로로질주하지
아니하여도좋소

　　　　- 〈조선중앙일보〉(1934)

당신은 우주를 사랑하시나요?

오감도(烏瞰圖)

정현은 꿈을 자주 꿨다. 그리고 언제나 매번 다른 꿈을 꿨다. 뉴턴 진자에서 공이 된 꿈이나. 귀신이 나타나 저에게 코시-슈바르츠 공식을 알려 주는 꿈 등 오만 꿈을 다 꿔 봤다. 그리고 이게 무슨 꿈인가 싶은 순간에 늘 꿈에서 깨 버린다.

혹은

그걸 보거나.

그날도 어김없이 평소처럼 잠에 들었던 날이다.

희뿌연 연기가 걷히고 보인 배경은 자신의 방이었다. 거울을 보니 정현은 처음 보는 교복을 입은 채로 책상에 앉아 있었다. 밖에서는 TV 소리가 들린다.

'우주 개발 산업의 선두주자, 청라 우주도시로 오세요!'

정현은 직감적으로 이곳이 청라 우주도시이며 자신이 입은 교복은 청라고의 것임을 알았다. 시선을 돌려 눈에 들어온 달력의 날짜는 3월 3일, 입학식……? *왜 꿈에서까지 학교에 가야 하는 거지.* 정현은 중얼

거리며 가방을 챙겨 집을 나섰다.

입학식은 그럭저럭 잘 지나갔다. 그러나 입학식이 끝나고 반으로 돌아간 후부터 정현의 기분은 나빠지기 시작했다. '자리 배치표' 자신의 옆에 적힌 세 글자 서 현 진. 아까 학년 대표로 단상에 올라가 선서를 외치던 모습이 생각났다. 분홍빛 머리색부터 마음에 안 들어. 자리에 앉자마자 책상 위에 정현이 엎어진다.

"안녕? 정현아."

"어? 어……."

"앞으로 잘 부탁해."

저를 톡톡 치며 사탕을 건네는 현진을 바라봤다. 손에 들린 포도맛 새콤달콤을 어색하게 받아 입에 까 넣었다. 새콤달콤한 포도의 맛이 입안에서 퍼진다. 괜히 기분이 좋아진다. 아니 그렇다고 쟤가 좋은 건 아니거든? 새콤달콤은 새콤달콤이고 싫은 건 싫은 거지! 정현은 빨리 꿈에서 깨기를 바랐다.

"지구는 푸른빛이었다." 유리 가가린

다음날도 정현은 잠에 들었다. 한없이 떨어지는 꿈이었다. 어디서 떨어졌고 어디로 가는지 모르는 그런 꿈. 꿈에 슬슬 적응하던 그때였다. 누군가 떨어지는 자신을 폭신폭신 구름처럼 받았다. 주변이 환해지더니 무언가가 보이기 시작했다. 흐릿한 초점이 선명해지자 눈에 들어온 얼굴은 서현진이었다.

"괜찮아? 어디 다친 덴 없지?"

"어…… 뭐야?"

"잘만 걸어가다 갑자기 쓰러져서 놀랐잖아."

쟤가 여기 왜 있어. 싸한 느낌에 주변을 둘러보며 정현은 확신하였다. 여기…… 청라고잖아? 정현은 매번 다른 꿈을 꾸었다. 같은 꿈을 꾼 적은 단 한 번도 없었기에 당황스러웠다. 정현은 현진의 걱정스러운 시선을 뒤로한 채 급히 반으로 뛰어갔다.

똑같다. 어제 꾼 꿈의 배경과 완벽히 일치한다. 2분단 세 번째 줄.

11212 박정현 11213 서현진

신이 있다면 왜 이런 꿈을 꾸게 하였는지 당장 따지고 싶었다. 저 핑크머리 또 보기 싫었다고. 정현은 자신의 자리에 앉아 엎드렸다.

"야, 인터스텔라 봤냐. 존잼."

정현은 순수하게 우주를 사랑하는 아이였다. 그리고 공상과학영화를 싫어한다. 처음 영화관에서 인터스텔라를 봤을 때 정현은 내용보다 과학적 오류에 관심이 더 많았다. 저게 말이 되나? 아니 저건 또 뭐야. 내 인생 최악의 영화다. 하마터면 영화관에서 팝콘을 던질 뻔했다. 저걸 보느니 차라리 169분짜리 다큐멘터리가 더 재밌을 거다.

너 인터스텔라 싫어하는구나. 갑자기 들리는 현진의 목소리에 정현은 흠칫 놀랐다. 아니 얜 어떻게 안거야?? 현진은 미소를 띠며 말했다. 표정으로 싫다 싫다 하는데 어떻게 몰라. 나도 인터스텔라 싫어. 말도 안 되는 영화잖아. 정현의 눈썹이 실룩거렸다. 꽤나 오랜만에 자신과 같은 생각을 하는 아이를 만났다. 너 그래비티 봤냐?

 **막간 인터뷰**

Q. 왜 서현진이 싫으신가요?

A. 쟤 머리에 핑크색이 안 예뻐. 너무 물 빠진 색이잖아.

Q. ??????? 그게 끝 ????

A. ? 네.

13인의아해(兒孩)가도로로질주하오

그날 이후로 정현과 현진은 엄청나게 친해졌다. 정현은 늘 꿈을 꾸는 순간을 기대했고, 현진과 할 얘기들을 생각했다. 물론 내가 꿈속에서 만든 허상이겠지만, 그래도……

"청라고 졸업만 하면 우주센터 취직이다. 좀만 참자."

꿈속에서 담임 선생님과 한 첫 상담이었다. 꿈에서도 상담을 하다니. 어이가 없었다. 아니 근데 우주센터? 그게 뭐지.

상담은 물음표만 남긴 채 끝이 났다. *안녕히 계세요.* 교무실을 나오자 밖에서 저를 기다리는 현진이 보인다.

"야, 너 우주센터가 뭔지 아냐?"

"우주센터? 아, 그냥 간단하게…… 우주 조사하고 탐사하고 로켓 쏘아 올리고?"

예전부터 정현의 꿈은 우주를 탐사하는 것이었다. 아니 우주복 입고 로켓 타는 거 말고 망원경으로 관찰하고 채취한 암석이나 기체의 성분을 조사하는 것 말이다. 이게 무슨 소리냐고? 정현에게 목표가 생겼다는 거다. 우주센터. 우주센터로 가자. *현진아 나 우주로 가고 싶어.*
뜬금없는 정현의 말을 들은 현진의 표정이 일그러졌다 다시 미소를 되
찾는다. *우주? 응, 나 우주센터 가고 싶어.*

그래 가자.

현진이 말을 마친 순간 정현이 무언가와 눈이 마주쳤다. 배경이 어
두워지더니 꿈이 끝나 버렸다.

"우주에 우리밖에 없다면, 엄청난 공간의 낭비다." 칼 세이건

"정현아! 여기."

오늘은 뭐 또 공원이야? 짐 한 보따리를 챙겨온 현진을 바라봤다.
돗자리에 도시락에 저건 또 뭐야 많이도 챙겨 왔네.

"뭘 이렇게 챙겨 왔어?"

"이거? 너 보여 주려고."

현진이 가방에서 망원경을 꺼낸다. 망원경? 이걸로 뭘 하려고. 정현
이 시선을 망원경에서 현진으로 옮겼다.

"낮에 보는 하늘이 얼마나 예쁜데."

현진이 망원경을 건넨다. 서로 하나씩 망원경을 들고 하늘을 조심
히 바라봤다. 예쁘긴 예쁘네. 그렇게 하늘을 보고 있자니 문득 어두운
우주가 생각났다. 우주도 이렇게 맑으면 좋겠다. 우주의 배경이 검은색
이 아니라 푸른색이면 어떨까. 맑고 화창하게.

"현진아 진짜 우주에 가게 된다면 어떨까?"

"나는 죽어도 가기 싫어."

"싫어?"

"안 가고 너랑 같이 우주센터에서 일할래."

저거 저거 오늘 뭘 잘못 먹었나. 왜 저래.

"정현아, 우리 내일은 우주센터 갈래?"

좋아.

"지구는 우주에 떠 있는 창백한 푸른 점 하나다." 칼 세이건

분명 오늘 현진과 우주센터로 가기로 약속했는데…… 현진이 보이지 않는다. 정현은 학교 운동장 한 중간에 서서 현진을 기다렸다. 반으로 가려던 순간, 번쩍! 주변이 밝아졌다. 미간을 찌푸리며 하늘을 보자 보면 안 돼 빠른 속도로 무언가가 이쪽으로 떨어지고 있었다. 저게…… 뭐야……? 정현의 눈이 떠졌다.

그렇게 정현은 그날 더 이상 잠에 들지 못했다. 이상한 꿈이었어. 아니 근데 서현진, 나랑 같이 우주센터 가기로 했으면서 어디로 사라진 거야. 다시 그 꿈을 못 꿀까 불안한 마음에 손톱을 물어뜯었다.

"작은 생명체로서 우리는 오직 사랑을 통해서만 우주의 광대함을 견딜 수 있다." 칼 세이건

"야, 서현진. 너 어제 어디 갔었어."

"무슨 소리야? 어제 너랑 있었잖아."

아무튼, 오늘 우주센터 가기로 한 거 안 잊었지? 능글맞게 웃는 현진에 정현의 입꼬리도 절로 올라갔다. *가자. 우주센터.*

처음 가 본 우주센터는 생각보다 넓고 깔끔했다. 우주 관찰을 위해 준비된 다양한 장비들과 시설들이 정현을 유혹하는 듯했다.

"현진아 우리 진짜 오자 우주센터. 같이 일하자."

"그래. 우주로 가는 거 말고…… 우주센터……"

정현이 신이 나 이리저리 둘러보던 도중 갑자기 들리는 큰 소리에

귀를 막았다.

'장비 점검 중.'

현진이 입을 벙긋벙긋 거렸다. 정현은 고개를 끄덕거렸다.

'현진아, 나가자.'

'그래.'

밖으로 나오니 소음이 많이 줄어들었다.

"어땠어?"

"나 진짜 우주센터 오고 싶어. 공부 열심히 해야겠다."

현진이 웃자 정현도 따라 웃는다. 그때랑 똑같네.

'그때……?'

주변을 둘러보니 아까 들어갈 때보다 사람이 더 늘어난 것 같았다. 멍하니 서 있었더니 다른 사람들의 대화소리가 들려온다.

"우주센터, 졸업하기 전에 한 번이라도 들어가고 싶다."

"관계자 외엔 출입 금지가 말이 되냐. 난 청라고 오면 거기 구경 정도는 갈 줄 알았어."

듣지 마 정현이 다른 사람의 목소리를 듣자마자 그것과 눈이 마주친다. 꿈이 끝났다.

(길은막다른골목이적당하오)

오늘따라 수빈이 정현을 찾는 일이 많아졌다. 사실 별일은 아니고 준비물을 챙겨야 한다느니 숙제를 빌려 달라느니 뭐 그런 자잘한 것들이었다. 오라는 서현진은 안 보이고 정수빈만 가득이네.

"정현아, 정현아."

"아, 또 왜."

담임 선생님께서 너 찾으셔. 같이 가자. 아니 무슨 학교는 틈만 나면 학생을 교무실로 불러? 현실에선 교무실 가 본 거…… 진짜 손에 꼽는데. 가끔 보면 이유 없이 교무실 가는 애들이 이해가 안 된다. 귀찮게 진짜…… 정수빈의 손에 이끌려 정현이 교실 밖으로 나갔다. 코너를 돌자 사람 하나 없는 조용한 계단이 보인다.

"그…… 정현아 놀라지 말고 들어."

"무슨 일 있어?"

"서현진 말이야."

아, 맞다 현진이. 어제 볼펜 빌린 거 돌려 줘야 하는데. 아직까지 학교도 안 오고 무슨 일 있나.

"듣고 있어?"

"어?"

"서현진 우주선 탄다고."

"우주선?"

"어, 우주 간다고."

걔가? 걔가 왜? 죽도록 가기 싫어했잖아. 우주센터는 가도 우주는 안 가는 애 아니었어? 정현의 머릿속이 온통 물음표로 도배가 된다. 너 우주 가기 싫다며 나랑 우주센터에서 일하기로 했잖아.

"한 인간에게는 작은 한 걸음이지만 인류에게는 위대한 도약이다."
닐 암스트롱

정신을 차려 보니 집이었다. 침대에 걸터앉아 있었다. 저 멀리 날아간 볼펜, 바닥에 던져진 가방, 그리고 거울 속 나. 올 겨울도 없이 학교를 뛰쳐나왔다. 서현진이 없는 이상 학교를 다닐 이유가 없다. 네가 없는데 뭣하러 내가 여기 있어?

정수빈의 말을 다시 곱씹어 봤다.

'서현진 우주선 탄다고.'

'우주 간다고.'

'우주.'

우주……

그제야 눈물이 나기 시작했다. 탐사가 끝나기 전까지는 널 못 보는 거다.

제1의아해가무섭다고그리오 – 달

달은 지표면에서의 중력이 매우 약하기 때문에 대기를 유지할 수 없었다. 따라서 현재 달에는 대기가 거의 없고, 태양풍만으로도 달 내부에서 사온 미소량의 가스를 충분히 날릴 수 있을 정도이다. 달은 수성과 같이 대기가 거의 없기 때문에 온도의 변화가 약 100k~400k로 아주 크다.

박정현에게

갑자기 떠난 내가 너는 참 원망스럽겠지. 떠나는 날짜가 정해진 그날부터 지금까지 정말 미안하다는 생각밖에 안 들어. 정말 미안하고 미안해. 제대로 된 사과는 꼭 지구에서 할게.

정현아, 나는 지금 달에 와 있어. 지구에서 본 달은 반짝반짝 빛나는 게 예뻤는데 직접 와 보니 그냥 떠다니는 돌덩이야. 아무래도 달은 스스로 빛을 내는 항성이 아니라서 그런가 봐. 우린 반사된 태양빛을 본 거야.

달에 먼저 도착하게 된 이유는 너도 아는 것처럼 달은 지구에서 고작 38만 4400km잖아. 가장 가까운 곳부터 봐라. 뭐 이런 거 아닐까? 또 지구의 하나뿐인 자연 위성이기도 하니까.

달은 반경 1737.5km에 공전주기가 27.32일이래. 지구와 비교했을 때 질량은 0.0123배, 중력은 0.166배나 작다고 해. 나 여기서 몸무게 재면 9.6kg이다? 정현이 넌 한 1kg쯤 되려나? ^__^

달은 약 45억 년 전 화성만한 천체가 지구와 충돌했고 이때 떨어진 파편이 뭉쳐져서 형성됐다는 가설이 가장 유력하다고 해. 초기 달이 형성될 때 마그마 대양이 존재했고 이후 마그마가 식으면서 1억 년 전 결정화 작용이 일어나 지금의 달 표면이 만들어졌다고 해. 지금은 먼지나 흙 등으로 이루어진 회색빛의 레골리스랑 밀도가 낮은 바위들로 뒤덮여 있어. 너는 먼지 싫어하니까 달 엄청 싫겠다.

난 달 탐사를 마치는 데로 수성으로 갈 예정이야. 수성에서도 꼭 편지 보낼게.

p.s. 내가 지구로 돌아가면 우리 밤에 망원경 챙겨서 산책 가는 거 어때?

서현진

정현의 입꼬리가 내려가질 않는다. 이렇게 저를 위해 편지를 한 자 한 자 쓴 서현진이 기특해 보이기까지 했다. 몇 분 동안 편지를 끌어안은 채 뒹굴뒹굴하던 정현의 머릿속을 순간 한 문장이 스쳐 지나갔다. *아 맞다 답장!* 정현은 침대에서 벌떡 일어나 문구점으로 뛰어갔다.

서현진에게

야, 진짜 너 너무해. 내가 얼마나 놀랐는지 알아? 좀 말해 주고 가면 어디 덧나냐. 난 너 평생 못 볼 줄 알았다고!!

여하튼…… 달 간 거 축하해. 정말 부러워. 너, 다신 없을 기회라 생각하고 꼭 열심히 탐사하고 와야 해. 알겠지? 내 몫까지 다 보고 눈에 가득 담아서 와. 난 여기서 널 기다릴게. 지구로 돌아오면 네가 담은 얘기들을 하나씩 풀어 주라.

수성도 열심히 탐사하길.

박정현

▲ Space Station Transits the Moon

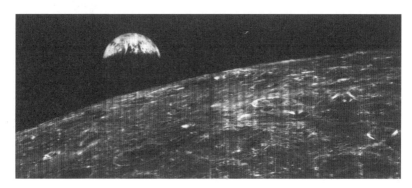

▲ First View of Earth From Moon

▲ Distant Moons

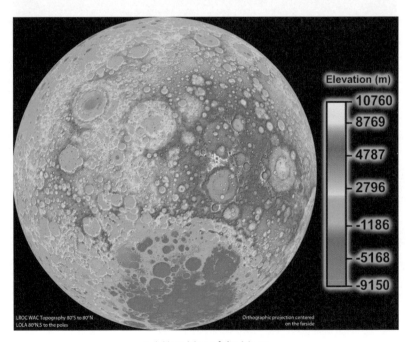

LROC WAC Topography 80°S to 80°N
LOLA 80°N,S to the poles

Orthographic projection centered
on the farside

Elevation (m)

10760
8769
4787
2796
-1186
-5168
-9150

▲ A New Map of the Moon

▲ Crater 308 on the Moon

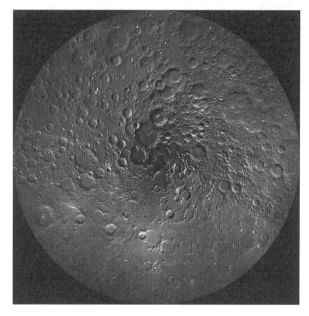

▲ The Moon's North Pole

▲ Buzz Aldrin on the Moon

▲ Two Spacecraft on the Moon

✦ 더 알아보기

달의 겉보기 지형은 크게 두 가지로 나눌 수 있다. 이는 빛을 제대로 반사하지 못해 어두운 부분인 바다 부분과 밝은 대륙 부분이다. 바다 부분은 달의 약 35%를 차지하며, 대륙 부분에 비해 상대적으로 구덩이의 수가 적고, 현무암질의 용암이 흘러나와 구덩이를 메워 생긴 것으로 알려져 있다. 바다 부분 이외의 대륙 부분은 작은 돌들이 모인 암석으로 구성되어 있다. 이것은 태양계 초기부터 남은 왜소행성의 충돌에 의해 생겨난 것으로 알려져 있다. 그리고 달에는 대기가 거의 존재하지 않기 때문에 운석이 그대로 월면에 충돌하여 크레이터를 만들고, 또한 물이나 바람에 의한 침식과 지각변동을 받는 일도 없기 때문에 수많은 크레이터가 만들어진 채 그대로 남아 있는 것이다. 이러한 대륙 부분은 주로 칼슘과 알루미늄이 많이 함유되어 있는 사정석으로 이루어져 상대적으로 밝아 보인다.

달의 내부 구조는 달의 지진을 통하여 파악하게 되었다. 달의 지진 중 대부분은 지구의 중력으로 인해 발생한 조석력에 의한 것이었고, 이로 인해 달에는 지각과 고체 암석권, 유동성 암류권, 그리고 철로 이루어진 것으로 추정되는 핵이 존재하는 것이 밝혀졌다. 달의 표면을 살펴보면 대부분의 바다 부분이 지구 방향으로 생성되어 있다는 점을 알 수 있다. 지구 쪽의 달 표면의 지각이 얇기 때문에 운석과 같은 천체들과의 충돌로 인해 내부의 용암이 흘러나오는 가능성을 높이게 되었고, 그렇기 때문에 바다 부분이 많이 생성된 것이다. 지구 방향의 지각이 얇은 이유는 조석력에 의해 달 내부의 상대적으로 무거운 물질이 지구를 향하게 된 것으로 추측하고 있다.

제2의아해도무섭다고그리오 - 수성

태양에서 가장 가까이 있는 행성인 수성은 언제나 태양 옆에 붙어 다니기 때문에 관측하기가 쉽지 않다. 수성은 해가 진 직후 서쪽 하늘과 해가 뜨기 직전 동쪽 하늘에서만 볼 수가 있다. 그리고 망원경으로 수성을 보면 달과 같이 그 위상이 변하는 것을 알 수 있다. 표면의 모습도 달과 매우 비슷하다.

박정현에게
정현아 답장 고맙다 ㅋㅋㅋ. 네 몫까지 열심히 탐사하고 지구로 돌아갈게.
답장이 많이 늦었지? 방금 수성 탐사를 다 끝냈어. 반경 2439.7km. 태양과 5800만km로 가장 가까운 행성이라 그런지 덥다. 지구보다 태양빛이 약 7배나 더 강하대. 대기가 없고 가스층만 있다 보니 표면 온도는 섭씨 영하 180도로 내려갔다가 영상 430도까지 올라가는 등…… 기온차가 극단적이야.

수성은 초속 47km로 88일마다 달걀 모양의 궤도를 1번씩 빠르게 공전해. 근데 그거 알아? 얘는 자전축이 0이다? ㅋㅋ. 한 번 자전하는 데 한 59일 정도 걸리는 것 같아.

행성은 처음 탐사해 봐서 그런지 아직까진 어리바리하고 별로 알아낸 것도 없어. 그래도 이곳에서 찍은 사진 몇 장을 함께 보낼게.

p.s. 감기는 안 걸렸으니 걱정하지 말도록!

서현진

▲ Colors of the Innermost Planet, Mercury

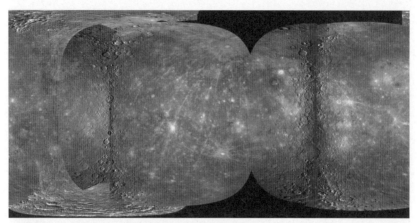

▲ Global Map of Mercury

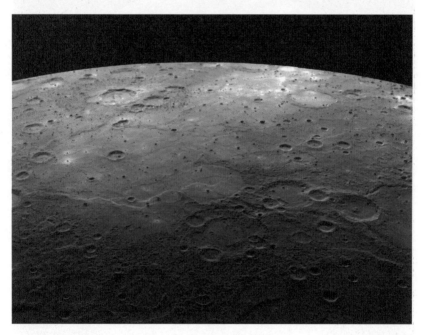

▲ On Mercury

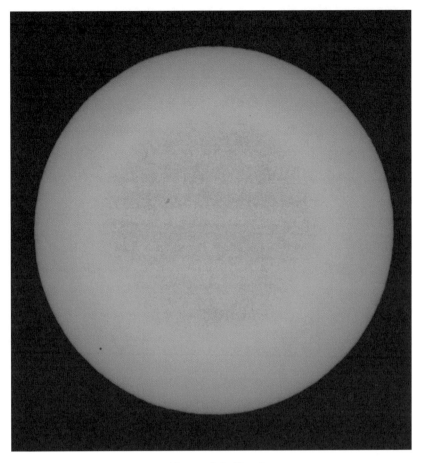

▲ Mercury Solar Transit

서현진에게

감기 걱정도 안 했거든? 여하튼 안 걸렸다니 다행이다. 너 이제야

드디어 진정한 탐사를 시작한 거야. 언제나 조심조심 안전하게.

건강이 제일 중요한 거 알지??

박정현

✛ 더 알아보기

수성의 기원에 대해서 생각해 볼 때에는 크기가 비슷한 달에 비해 상당히 높은 밀도를 가졌다는 점에 주목할 필요가 있다. 이는 중심부에 밀도가 높은 핵이 존재함을 보여 준다. 1987년에 시행된 컴퓨터 시뮬레이션을 통해, 수성은 형성 초기에 커다란 미행성과 충돌했던 것으로 추정되고 있다. 이 설에 의하면 충돌로 외부의 가벼운 물질들은 대부분 우주 공간으로 날아가고 중심부의 철과 니켈이 남게 된다. 이 결과 행성의 평균밀도가 크게 증가하면서 지금의 수성이 되었다는 것이다.

수성에는 대기가 거의 존재하지 않고 매우 가벼운 가스층이 있다. 대기의 개수 밀도는 $1011m^{-3}$ 이하로 매우 희박하며, 수소, 헬륨, 나트륨, 칼륨, 칼슘 등의 원자가 포함되어 있다. 수성의 형성 초기에는 다른 행성과 마찬가지로 대기가 존재했을 것이라 생각되지만 중력이 작기 때문에 그 대부분이 우주로 날아갔을 것이다. 현재 수성의 대기는 다양한 방법에 의해 공급되고 있다. 태양풍에 포함된 수소와 헬륨은 수성의 자기장에 붙잡히고, 미세 운석의 충돌로 산소, 나트륨, 칼륨 등의 원자가 대지에서 증발되어 나온다.

수성 표면의 평균온도는 약 452K(179℃)이지만, 온도 변화는 약 90K(-183℃)~700K(427℃)로 매우 심하다. 놀랍게도 1992년 레이더 관측에 의해 수성의 북극 부분에서 물과 얼음이 발견되었다. 이 얼음은 혜성의 충돌이나 수성 내부에서 방출되어 생긴 물이 1년 동안 태양광이 닿지 않는 극지방의 크레이터 바닥에 남겨져 있던 것이라 추측된다.

제3의아해도무섭다고그리오 – 금성

금성은 우리가 흔히 '샛별'이라고 부르는 행성으로 해 뜨기 전 동쪽 하늘이나 해진 후 서쪽 하늘에서 보인다. 금성은 그냥 보면 하나의 점 처럼 보이지만, 망원경으로 보면 달처럼 그 모습이 변하는 위상을 가 지고 있다. 금성의 대기는 두꺼운 이산화탄소로 덮여 있기 때문에 망 원경으로는 표면이 보이지 않는다. 그래서 파장이 긴 전파를 이용해 관측하고 있다.

박정현에게

언제나 건강을 1순위로 두고 탐사 중. 춥다가 덥다가 진짜 죽을 것 같다. 행성마다 온도가 가지각색이야. 거기는 어때?

여기는 반경 6052km인 금성이야. 태양으로부터는 1억 800만km으로 수성보다 멀지만 대기의 96.5%는 이산화탄소고 황산 입자가 가득 한 15km짜리 두꺼운 구름층에 바로 밑에는 50km나 되는 이산화황 구름층까지…… 온실효과의 끝이다. 정말 ㅋㅋㅋ. 덕분에 평균 온도가 섭씨 471도나 된다? 더워 죽을 것 같아 ㅜㅜ.

공전주기는 225일이래, 나름, 지구랑 비슷하지 않아? 금성은 구조와 크기가 지구와 가장 비슷하대. 금성의 지름은 약 1만 2104km로 지구보다 약 650km가 짧고 질량은 지구의 0.81배야.

헉, 곧 출발한대. 짧아서 미안해. 다음에 또 보낼게.

p.s. 여름엔 시원하게 지내길 바라.

서현진

▲ Venus - Simple Cylindrical Map of Surface (Eastern Half)

▲ Venus

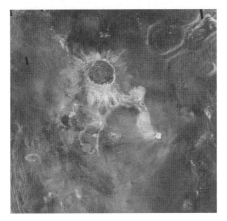

▲ Venus - Impact Crater ´Isabella

▲ Beneath Venus' Clouds

▲ Volcano on Venus

▲ SDO's High Def View of 2012 Venus Transit

서현진에게

금성이라…… 탐사하기 힘들었겠다. 수고했어.

여기야 뭐 늘 그렇듯 선선하지. 딱 네가 좋아할 만한 날씨인데, 네가 없어. 빨리 탐사하고 돌아와.

박정현

✛ 더 알아보기

금성은 탄생한 직후 미행성과 여러 번 충돌했을 것이다. 이로 인해 지표가 가열되어 휘발성 강한 수증기와 일산화탄소의 증발이 활발히 일어나고, 그 후 수증기와 일산화탄소를 주성분으로 한 금성의 원시 대기가 만들어진다. 고온이 된 지표는 뜨거운 마그마의 바다로 뒤덮이게 된다. 미행성의 충돌이 끝나면 원시 대기와 지표는 식고, 마그마의 바다 표면에는 지각이 형성되기 시작한다. 냉각은 계속 진행되면서 수증기가 응결해 비가 내리고 바다가 형성된다. 이후 태양의 온도가 초기보다 증가함에 따라 금성의 지표면은 다시 뜨거워지고, 바다는 증발한다. 증발된 수증기는 태양 자외선에 의해서 수소와 산소로 분해된다. 가벼운 수소는 대부분 금성에서 탈출하고, 결국 이산화탄소가 금성 대기의 주성분이 된다. 이산화탄소 대기의 온실 효과로 지표는 고온 상태가 되고, 화산 활동이 활발해지면서 황산 구름이 형성되어 현재의 금성과 비슷한 모습이 만들어진다.

금성 대기의 주성분은 이산화탄소이다. 대기의 96.5%를 이산화탄소가 차지하고 있으며, 나머지 3.5%는 대부분 질소 분자가 차지한다. 그리고 금성은 90기압의 고밀도 대기를 가지고 있다. 이는 지구의 해수면 밑 800m 깊이의 압력과 같다.

금성은 평균 약 740K에 달하는 높은 온도를 가진다. 이는 지상에서의 관측과 탐사선에 의해 발견된 대기 분석으로 설명이 가능하다. 분석 결과 금성 대기의 주성분은 이산화탄소이며, 농도 또한 매우 짙었다. 이는 흔히 알고 있는 온실효과의 결과물이며, 과거에 금성이 온실효과의 폭주현상으로 인해 온도가 급상승했었다는 것을 알려준다.

제4의아해도무섭다고그리오 - 화성

화성은 영화와 소설의 소재로도 많이 사용되는, 태양계 행성 중 우리의 관심을 가장 많이 끈 행성이다. 지구에 가까이 있고, 생명의 존재 가능성이 제기되어 신비감과 공포감을 동시에 가져다 준 행성이 바로 화성이다. 이러한 관심은 많은 우주선들의 화성 탐사로 이어졌으며, 그 결과 제2의 지구, 화성에 대한 풍부한 자료를 확보함으로써 화성 연구에 많은 진척을 가져왔다.

박정현에게

드디어 화성에 왔어 정현아. 여기서 태양까지는 2억 2800만km나 된다? 지구까지는 5460만에서 4억 100만km 정도래. 크기는 지구의 절반 수준으로 반경 3390km라고 해. 자전축의 기울기는 25.2도로, 하루가 24.6시간이야. 지구보다 조금 더 길지? 너랑 화성에 같이 왔다면 우리 하루를 더 오래 보낼 수 있을 텐데, 다음에 같이 오자. (아, 공전주기는 687일이라고 해.)

화성은 네 행성인가 봐. 네가 좋아하는 것들이 잔뜩이야. 지구에서 왜 화성이 붉게 보이는지 알아? 화성 표면을 뒤덮은 녹슨 철 성분 때문이래.

이 뿐만 하겠어? 화성은 계절도 가지고 있고 표면에는 활동을 멈춘 사화산과 협곡이 즐비하고 있어. 맨날 네가 말하던 높이 25km로 태양계 행성 가운데 가장 높은 올림푸스 산이랑 총 길이가 4800km나 되고 최대 깊이 7km에 이르는 마리네리스 협곡도 봤어. 말로만 듣던 곳을 실제로 보니 확실히 엄청 깊더라.

난 잘 지내고 있으니 걱정하지 마. 오늘도 좋은 꿈이었길 바라.

서현진

.

.

정현의 손이 떨린다. *뭐라고?*

▲ Valles Marineris The Grand Canyon of Mars

▲ NASA Discusses Mars 2020 Plans in July 9 Teleconference

▲ Mountainous Crater Rim on Mars

▲ NASA Honors First Human Moon Landing, Looks to Mars

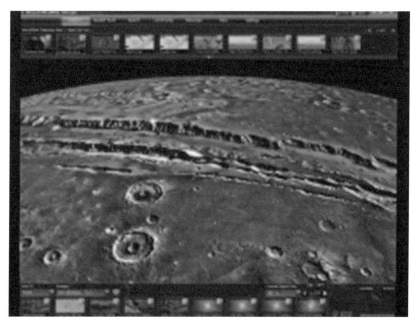

▲ A wide-angle image of Mars from NASA's Viking orbiters and the Mars Orbiter

✛ 더 알아보기

화성의 대기는 아주 희박하다. 지표 부근의 대기압은 약 0.006기압으로 지구의 약 0.75%에 불과하다. 이렇게 희박한 대기는 중력이 작기 때문이다. 화성 대기의 구성은 이산화탄소가 약 95%, 질소가 약 3%, 아르곤이 약 1.6%이고, 다른 미량의 산소와 수증기 등을 포함한다. 이는 금성과 매우 비슷한 대기의 구성이지만 금성에 비해 대기가 매우 희박하여 금성과 같이 높은 온도를 가질 수 없다.

2003년 지구에서 이루어진 망원경을 통한 관측으로 화성 대기에 메탄이 있다는 가능성이 제시되었다. 이어, 2004년에는 마스 익스프레스 탐사선(Mars Express)의 조사에 의해 사실상 메탄의 존재가 확인되었다. 화성의 환경에서 금방 소멸해 버리는 메탄이 발견된다는 것은 어디선가 끊임없이(또는 적어도 최근 100년 이내) 보충 받고 있음을 알려 주는 것이기 때문이다.

화성 대기는 크게 변동하기도 한다. 겨울 몇 개월간 극지방에서 밤이 계속되면 지표는 매우 저온이 되고, 대기 전체의 약 25%나 얼어버려서 대기압이 낮아진다. 이후 극에 다시 햇빛이 비치는 계절이 되면 얼었던 이산화탄소가 승화하여 극지방에 강한 바람이 발생한다. 생성된 강한 바람은 화성의 먼지 등을 이동시키며 이 현상을 먼지 폭풍이라 한다. 이는 지구에서 바라보는 화성의 모습이 변하는 원인이 된다.

화성의 표면 온도는 약 -140°C~20°C 정도로 평균온도는 약 -80°C이다. 이렇게 낮은 온도는 화성의 대기가 희박하기 때문에 열을 유지할 수 없기 때문이라 알려져 있다. 화성의 극지방에 존재하는 빙관 또한 낮은 온도로 인해 존재가 가능하다.

제5의아해도무섭다고그리오 – 목성

목성은 태양계에서 가장 거대한 행성이다. 목성은 태양계 여덟 개 행성을 모두 합쳐 놓은 질량의 2/3 이상을 차지하고 지름이 약 14만 3,000km로 지구의 약 11배에 이른다. 이 거대한 목성은 육안으로도 쉽게 발견할 수 있을 만큼 밝은데, 가장 밝을 때는 -2.5등급을 기록하기도 했다. 또한, 목성은 엷은 고리를 가지고 있으며 위성을 포함해 많은 위성을 지니고 있다.

박정현에게

많이 바빠? 답장이 없길래…… 걱정된다. 오늘은 꼭 답 주라.

기다릴게.

아쉬운 화성 탐사를 뒤로한 채 목성에 도착했어. 목성은 반경 6만 9911km로 태양계에서 태양 다음으로 큰 천체로, 태양 질량의 100분의 1 수준이래. 여기서 태양까지는 7억 7800만km야. 7억…… 진짜 멀긴 멀다. 공전 주기는 4333일로 약 12년!이나 돼.

드디어 지구형 행성이 아니라 목성형 행성에 왔어. 가스형 행성인 목성은 내부에 태양처럼 수소와 헬륨으로 차 있어. 목성의 핵은 철과 규산염 광물로 이뤄진 딱딱한 고체이고, 그 위에는 약 5만도에 이르는 고온 환경으로 인해 액체 수소 상태의 바다가 있을 것이라고 예상된대.

목성의 구름층은 약 50km야. 최상단에는 암모니아 얼음 구름층이, 중간에는 암모니아와 황화수소 결정 구름층, 마지막으로 수증기와 얼음으로 된 구름층 등 세 층을 가지고 있어. 목성은 10시간마다 한 번꼴로 태양계에서 가장 빠르게 자전 중이야. 뜬금없이 이게 무슨 말이냐고? 이렇게 빠르게 자전을 하면서 구름층도 함께 빠르게 이동을 하는데, 이에 따라 다양한 줄무늬를 형성하게 돼. 대적점, 보이지? 목성의 상징. 폭풍의 소용돌이! 지구보다 큰 대적점은 약 300년간 지속적으로 관측되지만, 아직 형성 과정은 밝혀지지 않았다고 해.

p.s. 지구로 돌아가면 목성부터 다시 보려고. 같이 가자 정현아.

서현진

▲ Jupiter From the Ground

▲ Hubble Spots Jupiter's Great Red Spot

Hubble Spots Rare Triple Eclipse on Jupiter ▲

▲ Map of Jupiter's South

Jupiter Storm of the High North ▲

▲ Dramatic Jupiter

▲ Jupiter's Clouds of Many Colors

▲ Close-up of Jupiter's Great Red Spot

목성의 대기는 주로 수소, 헬륨으로 이루어져 있으며 약간의 암모니아와 메탄이 존재한다. 그리고 목성의 모습을 보면 줄무늬가 보인다. 검은 줄무늬를 '띠(belt)', 그리고 밝은 줄무늬를 '대(zone)'라고 부른다. 적외선 관측 결과에 의하면 대는 띠보다 온도가 낮고, 따라서 더 높은 상층에 위치함을 알려 준다. 그리고 대는 고압의 상승 영역이고, 띠는 저압의 하강 영역임을 제시해 준다.

목성의 대기에서 가장 유명한 현상은 대적점(대적반, Great Red Spot)이다. 겉에서 보기에는 보통의 소용돌이처럼 보이지만 그 안은 매우 역동적이다. 목성의 소용돌이라고 볼 수 있는 이 대적점은 타원 모습이며, 크기는 지구보다 훨씬 크다. 남반부에 있는 이 대적점은 반대 방향으로 움직이고 있는 두 개의 대기 띠 사이에 위치하고 있으며, 대적점 주위의 대기는 반시계 방향으로 순환한다. 대적점 내의 풍속은 100m/s에 가깝다.

목성의 표면(구름의 상단부분) 온도는 약 -148°C 정도 된다. 목성은 태양에서 받는 열보다 더 많은 열을 방출하는데, 이는 목성 내부에 열원이 있음을 말해 준다. 그 열원은 행성이 형성될 때 행성 위에 붕괴되는 가스에서 방출되는 중력 에너지라 알려져 있다.

수소 분자로 이루어진 목성의 지름은 14만 3,200km로 목성이 조금만 더 큰 천체였더라면 목성의 내부에서 핵반응이 일어나 제2의 태양이 되었을지도 모른다. 목성의 질량은 지구의 약 318배이고, 부피는 지구의 약 1,400배나 되지만 태양과 비슷한 목성의 밀도는 지구의 약 1/4 정도밖에 되지 않는다. 그 이유는 목성은 태양처럼 밀도가 낮은 수소와 헬륨으로 구성되어 있기 때문이다.

목성 내부로 깊이 들어갈수록 일반적인 형태의 분자 수소는 압축되어 결합이 파괴되고 궤도전자들이 원자 사이에 공유된다. 이는 금속의 형태와 매우 비슷하며, 대표적으로 수소가 그러하다. 수소의 이와 같은 상태는 실험실에서 기체에 충격파를 가하여 수천K의 온도와 수백만 기압의 압력을 만들어 확인하였다. 즉 목성의 가장 깊숙한 내부에는 얼음이나 암석으로 이루어진 핵이 존재하고, 그 위로 액체금속수소가 있고 그 위로 비균질 지역(헬륨이 작은 물방울 형태로 존재하는 지역), 수소 분자 지역 그리고 대기가 존재할 것이라 추정된다.

고리가 토성에만 있는 것으로 알려져 있었으나 보이저 2호가 목성에서 고리를 발견한 것은 놀라운 일이었다. 토성보다 목성이 더 가까이 있는데도 지금까지 목성의 고리를 발견하지 못한 데에는 여러 가지 이유가 있다. 그 이유는 목성의 고리가 토성의 고리보다 얇고 밀도도 낮고 희미하기 때문이다. 구성 물질은 적외선 관측을 통해 분석한 결과 작은 암석과 먼지로 밝혀졌다.

목성의 고리는 크게 세 부분으로 가장 안쪽의 뿌연 형태의 고리와 중간의 주 고리, 그리고 가장 바깥쪽의 얇고 희미한 고리로 나눌 수 있다. 이 고리들은 목성 지표면에서 약 22만km 떨어진 곳까지 분포하고 있다. 고리는 위성에 운석이 충돌할 때 발생하는 먼지에 의해 계속 채워지고 있다.

제6의아해도무섭다고그리오 – 토성

아름다운 고리를 가진 토성은 태양계에서 가장 많은 사랑을 받는 행성이다. 토성의 고리는 1610년 갈릴레이(Galileo Galilei)에 의해 처음 관측되었다. 지금까지 밝혀진 토성의 위성은 수십 개이다. 토성은 목성에 이어 태양계에서 두 번째로 크며, 직경은 지구의 약 9.5배, 질량은 약 95배이다. 태양으로부터 14억km 정도 떨어진 거리에서 약 9.7km/s의 속도로 공전한다.

박정현에게

태양으로부터 평균 거리 14억km. 공전주기 29년. 반경 5만 8232km. 여기가 어디게? 맞아. 토성이야. 복잡하고 특이한 고리로 유명한 이곳은 목성과 마찬가지로 수소와 헬륨이 대부분인 가스형 행성이야. 토성은 맨눈으로 볼 수 있는 행성 중 가장 멀리 있다는데, 정현아 나 보여?

내부는 철과 니켈로 된 초고밀도 핵이 액체수소 층에 둘러싸인 구조야. 대기에는 초속 500m에 이르는 엄청난 속도의 바람이 불며, 이로 인해 소용돌이와 폭풍이 생겨 끊임없이 변한다고 해. 토성의 구름층은 두꺼워서 표면 온도가 섭씨 176도로 낮다고 해.

얼지 않게 조심 또 조심.

네가 많이 바쁘다는 소식 들었어. 굳이 답장해 주지 않아도 난 괜찮아. 조금만 더 있으면 널 볼 수 있잖아?

서현진

▲ Cassini-The Mission Continues

▲ Hubble Sees Flickering Light Display on Saturn

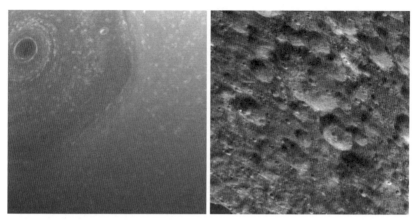

▲ Over Saturn's Turbulent North

Dione's Saturn-lit Surface ▲

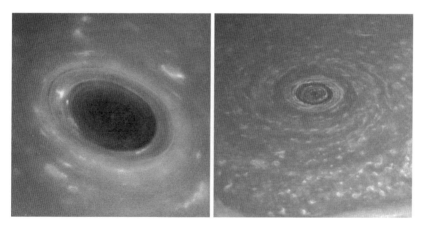

▲ Cassini Captures Closest Images of Saturn's Atmosphere

The Eye of Saturn ▲

✛ 더 알아보기

토성의 대기에는 목성과 마찬가지로 띠가 존재하는데, 목성보다 희미하고 적도면에서는 상대적으로 두껍다. 하지만 상대적으로 목성에 비해 소용돌이의 수가 적고, 가끔 커다란 소용돌이가 나타나지만 목성의 대적점에 비해 아주 작다. 토성 대기의 구성성분 또한 목성과 비슷하다. 지금까지 메탄, 암모니아, 에탄, 헬륨, 수소 분자 등이 검출되었고, 그중에서 수소 분자가 가장 풍부하다고 한다.

토성 표면(구름의 윗부분)의 온도는 약 −176°C로 아주 낮다. 낮은 온도로 인해 구름들이 낮은 고도에 위치하여 목성에 비하여 색이 뚜렷하지 않다. 토성 또한 목성처럼 태양으로부터 받는 에너지의 양보다 더 많은 에너지를 발산한다. 하지만 목성과 같이 중력 수축에 의한 에너지로는 설명이 부족하다. 천문학자들은 그 에너지의 원천을 헬륨 강우(Helium rain)에 두고 있다. 즉 다른 목성형 행성들에 비하여 대기 상층부에 헬륨이 적은 것으로 설명하는 것인데, 온도가 낮은 토성에서는 헬륨들이 아래로 하강하면서 액체수소 속을 지나갈 때 그 마찰에 의하여 에너지가 발생한다는 것이다.

토성은 목성에 이어 태양계에서 2번째로 큰 행성이지만 밀도는 약 687kg/m³로 태양계에서 가장 낮다. 이는 물의 밀도보다 낮은 수치이며, 때문에 '만약 토성을 물에 넣을 수 있다면 물에 뜬다'고 설명되는 경우가 많다. 토성은 겉보기에도 납작하게 보이며 편평도는 0.108이다. 이것은 토성의 빠른 자전과 유동체의 성질 때문이다. 다른 기체 행성도 편평하긴 하나 토성만큼은 아니다. 토성의 내부는 목성과 매우 유사하다. 가장 내부에 얼음과 핵으로 이루어졌다고 여겨지는 핵이 존재할 것이고, 그 위로 액체 금속수소가 있다. 그 바깥에는 비균질이란 층이 있는데 이는 헬륨이 작은 물방울 형태로 존재하고 있을 것이다. 그 위로는 수소 분자들의 층이 있다고 알려져 있다.

토성은 탐사선의 관측 결과에 따르면 약 10시간 39분을 주기로 자전을 한다. 그리고 토성 또한 기체로 이루어진 행성이라 차등 자전을 하며, 자전축은 공전궤도면에 비하여 약 27°기울어져 있다. 토성은 태양으로부터 약 14억km 떨어져 공전을 하고 있다. 이를 약 9.65km/s의 속도로 공전을 한다. 궤도의 이심률은 0.054이며, 이에 따라 태양과 가까울 때는 약 13억 5천만km까지 다가오고 멀리 떨어질 때는 약 15억km까지 멀어진다. 토성의 자전축은 기울어져 있는데 기울어져서 공전을 하므로 지구처럼 계절이 생긴다. 지구에서 봤을 때 대략 30년을 주기로 고리의 모습이 바뀌게 된다. 고리의 평면이 태양과 일치할 때 우리의 시각에서는 토성의 고리가 보이지 않는다. 이것은 한 주기에 두 번, 즉 약 15년에 한 번씩 일어나는 현상이다.

토성의 경우도 목성처럼 액체금속수소로 인해 자기장이 존재한다고 알려져 있다. 하지만 목성에 비해 약한 자기장을 지니고 있고, 태양풍이 강할 때는 토성 반지름의 약 20배까지 줄어들었다가 태양풍이 약해지면 30배 이상까지 늘어난다고 한다.

제7의아해도무섭다고그리오 - 천왕성
제8의아해도무섭다고그리오 - 해왕성

토성의 궤도를 넘어서면 청록색의 행성 천왕성이 존재한다. 천왕성은 1781년 4월 천문학자이자 음악가인 윌리엄 허셜(William Herschel)에 의해 처음으로 발견되었다. 이후 그 궤도를 추적하던 많은 천문학자들은 원인을 알 수 없는 섭동이 천왕성 궤도에 영향을 주는 것을 알았고, 이에 천왕성 너머 다른 행성이 존재할 수 있다는 생각을 갖기 시작했다.

박정현에게

오랜만이야 정현아. 탐사가 급급하게 이뤄지다 보니 바로바로 연락을 주지 못했어. 나는 그동안 천왕성과 해왕성을 탐사했어.

천왕성은 태양으로부터 29억km나 된다? 태양에서 빛의 속도로 이동해도 2시간 40분이나 걸린다니. 말 다 했지. 공전주기는 84년이야. 반경 2만 5362km!

천왕성 내부 깊숙한 곳에는 물과 메탄, 암모니아로 이루어진 얼음이 높은 압력에 의해 이온화된 형태로 존재할 것이라 추정된다고 해. 대기는 수소와 헬륨이 98%를 차지하고 있고 남은 2%는 메탄이야. 대기 중 메탄은 적색파장의 빛을 흡수하고 청색과 녹색을 반사해서 청록색을 띠는 거래.

천왕성 주위에는 27개의 위성과 13개의 고리가 있어. 또한 천왕성은 자전축이 97.77도로 크게 꺾여 있어. 태양계 행성 중 유일하게 적도면과 공전 궤도가 직각을 이루고 있어. 정현아 여기 엄청 춥다 ㅜㅜ. 태양이 천왕성의 극지방에서 뜨고 지는 만큼 적도 지역은 섭씨 영하 224.2도로 엄청난 겨울 날씨가 나타나. 공전을 84년 한다는 걸 감안하면…… 적도 지역은 약 21년간 춥고 어두운 이런 겨울 날씨가 이어진다고 보면 돼.

이렇게 천왕성 탐사를 마치고 우리는 바로 해왕성으로 왔어. 맞아! 네가 좋아하는 그 행성이야. 태양으로부터 평균 거리는 45억km로 지구보다 30배 더 멀리 있다고 생각하면 돼. 명왕성이 사라지면서 태양계의 마지막 행성이 된 천왕성은 공전만 165년을 해. 그러니까…… 아직 인류는 해왕성이 완전히 공전하는 걸 볼 수 없다는 거지.

해왕성의 내부와 대기는 천왕성과 매우 유사해. 우리 담임 선생님도 해왕성 좋아하시는 거 알아? 그 이유가 짙은 푸른색을 띠어서 그런 거래. 아, 푸른색을 띠는 이유는 해왕성의 대기에서는 청색 반사가 강하게 일어나기 때문에 그런 거야.

곧 전에 명왕성이라 불리던 134340 플루토를 탐사하기 위해 출발할 예정이야. 여기만 탐사하면 이 지긋지긋한 우주도 끝이다. ㅋㅋㅋ

도착하는 대로 편지 보낼게 좀만 기다려 줘 정현아.

서현진

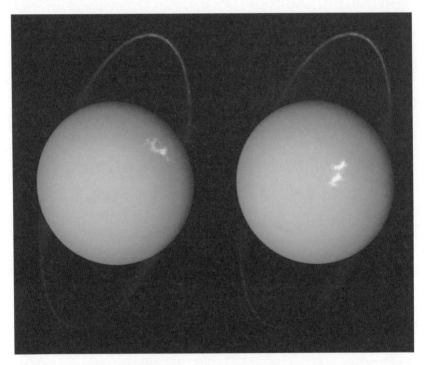

▲ Hubble Spots Auroras on Uranus

▲ Hubble the Rotation of Uranus

▲ Hubble Camera Snags Rare View of Uranus Rings

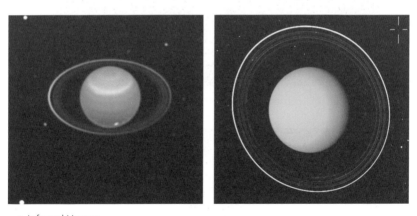

▲ Infrared Uranus

Voyager Mission Celebrates 30 Years Since Uranus ▲

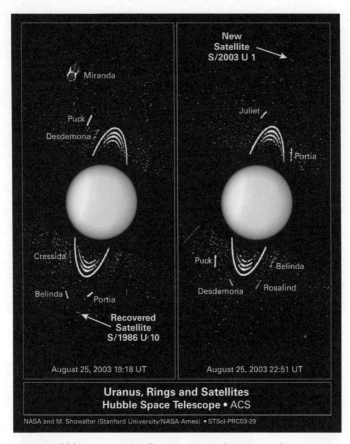

▲ Hubble Uncovers Smallest Moons Yet Seen Around Uranus

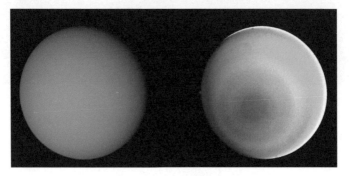

▲ Uranus in True and False Color

▲ 25 Years Ago, Voyager 2 Captures Images of Neptune

▲ Neptune's Moon Triton

▲ Neptune's Moon Triton

▲ Clouds of Neptune

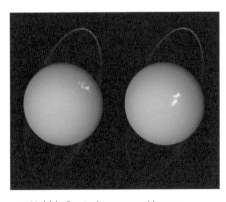

▲ Hubble Spots Auroras on Uranus

Neptune ▲

✛ 더 알아보기

천왕성의 대기에는 수소가 약 83%, 헬륨이 15%, 메탄 2% 등이 포함되어 있으며, 반사율이 높은 암모니아와 황이 대기의 깊숙이 있을 것이다. 천왕성의 대기는 태양빛의 적색 파장을 흡수하고 청색과 녹색의 파장 상당량을 반사하기 때문에 전체적으로 청록색을 띤다.

적외선 관측에 의한 천왕성의 온도는 대략 -215°C이다. 이는 태양으로 받은 에너지보다 높게 방출되는 것으로 목성이나 토성과 같이 천왕성의 내부에도 열원이 있을 것이라 추정된다. 방출되는 에너지는 목성과 토성, 해왕성에 비하여 매우 적은 편이며, 천왕성의 내부 에너지도 행성이 형성될 때 붕괴되는 가스들에 의한 중력 에너지가 그 근원일 것이다.

천왕성의 내부는 목성, 그리고 토성과는 조금 다르다. 목성과 토성의 내부에는 높은 압력으로 인해 액체금속 형태의 수소가 존재하지만, 천왕성은 내부 압력이 수소를 액체금속으로 변환시키기에는 부족할 것으로 추측된다.

따라서 대기에 있는 메탄과 암모니아의 얼음이 압력에 의해 이온화되어 존재할 것으로 추정하고 있다. 목성에 비하여 낮은 압력과 비슷한 정도의 밀도(약 1,271kg/m³), 낮은 온도 등의 특징으로 미루어 천왕성의 내부에는 수소와 헬륨의 함량이 적고, 암석과 얼음이 존재할 것으로 보고 있다.

천왕성의 자전은 매우 특이하다. 다른 행성과는 전혀 다르게 자전축이 거의 황도면에 누워 있는 형태로 자전을 한다. 즉 천왕성의 적도면은 공전궤도면에 약 98° 기울어진 역회전을 하고, 주기는 약 -17시간 정도('-'는 역회전임을 뜻한다.)이다. 이 자전주기를 구하는 방법에는 많은 어려움이 있었다. 자전축이 너무 기울어져 있는 탓에 도플러 효과를 적용하는 데 한계가 있었고, 지상관측을 통해 계산한 자전주기는 오차가 있었다. 적외선 관측으로 실제 자전주기에 거의 근접한 값을 얻게 되었으나, 최종적으로는 보이저의 자기장 측정에서 천왕성의 자전주기를 결정할 수 있었다.

자전축의 기울기로 인해 극 주변이 적도 주변보다 많은 태양열을 받지만 신기하게도 전체적으로 온도가 균일한데, 이 이유는 아직 해명되지 않았다.

천왕성은 태양으로부터 약 28억 8천만km 떨어진 곳에서 공전을 하고 있고, 공전주기는 대략 84년이다. 천왕성도 역시 다른 행성들과 같이 타원의 형태로 태양을 공전하고 있고, 태양과 가까울 때는 약 27억 4천만km, 멀리 있을 때는 약 30억km까지 떨어진다. 그리고 다른 행성들에 비하여 느린 속도인 약 6.8km/s로 공전을 한다.

천왕성은 상대적으로 강한 자기장을 가지고 있다. 자기장의 축(자기장의 남쪽과 북쪽을 잇는 가상의 축)은 천왕성의 자전축에 비해 약 $59°$ 기울어져 있다. 높은 에너지의 입자들이 천왕성의 자기 복사 대에 갇혀 있지만, 지구에서 발견될 수 있을 만큼 강하지는 못했다. 그 입자들은 보이저 2호에 의하여 발견되었다.

천왕성의 고리는 우연히 발견되었다. 천왕성의 물리적 특성을 알아보기 위해 식(천왕성이 배경의 별을 가리는 현상)을 관측하던 중 발견한 것이었다. 별빛이 천왕성에 가려지기 전에 수차례 밝기의 변화가 생겼고, 다시 나타날 때에도 같은 현상이 관측되었다. 이 관측으로 천문학자들은 별빛을 가리는 것은 천왕성의 고리라는 것을 알아냈다. 이렇게 지구에서의 관측으로 9개의 고리들이 발견되었다. 나머지 고리들은 보이저 2호와 허블 우주망원경으로 밝혀냈다. 천왕성의 고리가 지구에서 쉽게 발견되지 못한 것은 토성 고리 밝기의 약 1/300만 정도로 아주 어둡기 때문이다. 토성의 고리가 빛의 대부분을 반사시키는 데 반해 천왕성의 고리는 약 1%밖에 반사시키지 못하는 먼지와 소량의 검은 얼음 알갱이로 이루어졌다.

해왕성의 대기는 천왕성의 대기와 매우 비슷하다. 80% 정도가 수소로 구성되어 있고, 약 19%는 헬륨, 나머지는 에탄, 메탄 등으로 이루어져 있다. 대기의 적색광 흡수와 청색 반사로 인해 해왕성은 전체적으로 청색을 띤다. 대기 구성은 유사하지만, 해왕성의 대기 흐름은 천왕성에 비해 상대적으로 활발할 것이다. 이는 천왕성에서 볼 수 없는 대기의 회오리를 해왕성에서는 볼 수 있기 때문이다. 이 회오리는 '대암점(또는 대흑점, Great Dark Spot)'이라 불린다.

해왕성의 온도 또한 천왕성과 비슷하다. 평균 온도는 -214°C로 태양에 받는 열에 비해 방출하는 열이 많다. 이는 곧 목성과 토성처럼 열원이 존재한다는 것으로 추측할 수 있으며, 마찬가지로 중력 에너지의 효과로 볼 수 있다.

해왕성의 크기는 약 24,766km이며, 질량은 약 1.02×10^{26}kg, 밀도는 1,638kg/m³ 정도로 천왕성과 매우 비슷하다. 따라서 내부 구조 또한 비슷하다고 추측된다. 즉 목성과 토성의 내부에 존재하는 액체금속수소는 상대적으로 내부 압력이 작은 해왕성에는 존재하지 않을 것이고, 대기에 있는 메탄과 암모니아의 얼음이 이온화되어 있을 것으로 추측하고 있다. 목성에 비하여 낮은 압력과 비슷한 정도의 밀도, 낮은 온도 등을 감안할 때 해왕성의 내부 또한 천왕성과 비슷하게 수소와 헬륨 함량이 적고 암석과 얼음이 존재할 것이다.

해왕성의 자전축은 공전 면에 비해 약 29.6° 기울어져 있으며, 약 16.08시간을 주기로 자전을 한다. 해왕성은 태양으로부터 약 45억km 떨어져서 공전을 한다. 해왕성의 궤도는 거의 원에 가까울 정도로 이심률이 낮은데, 가장 멀어질 때와 가까워지는 차이가 1억km 이하로 이는 궤도 반지름에 비해 매우 작은 것이다. 해왕성은 태양 주위를 약 23.5km/s의 속도로 약 163.7년에 한 바퀴 돈다.

미지에 싸여 있던 해왕성의 자기장은 보이저 2호가 근접해서 관측한 후에야 많이 알려졌다. 관측된 해왕성의 자기장 세기는 지구의 약 0.4배 정도이다. 그리고 천왕성과 마찬가지로 해왕성의 자기축은 자전축에 대하여 크게 기울어져 있다. 이런 현상이 왜 나타나는지는 아직까지 연구 중이다.

해왕성의 고리는 천왕성의 고리 발견 방법으로 하여금 밝혀졌다. 직접 관측하기는 어려웠으나 해왕성이 배경의 별을 가리는 식을 일으킬 때, 별빛의 밝기 변화로 해왕성 고리의 존재를 알았다. 하지만, 직접 확실하게 본 것은 보이저 2호 덕택이었다. 고리를 가지고 있는 다른 행성들처럼 해왕성의 고리도 여러 개로 이루어져 있다.

그중에1인의아해가무서운아해라도좋소

몇 달째 현진에게 편지가 오질 않는다. 이쯤 되면 와야 하는데, 올 때가 다 됐는데…… 그렇게 한 달 두 달이 지나 네 달이 지났을 때쯤 정현은 기다리는 걸 포기하였다. **정현아.** 더 이상 편지가 왔나 우체통을 확인하지도, 인터넷을 뒤지며 청라 12호에 대해서 찾아보지도 않았다. **안 돼.** 현진이 저를 분명 잊었을 거라 생각하며 정현은 매일 잠들기 전 밤마다 기도했다. **아니야.**

제발…… 제발 오늘은 그 꿈을 꾸지 않도록 해주세요……

결국은 또 같은 꿈을 꿨지만.

사건이 발생한 그날도 정현은 꿈속에서 등교를 준비했다. 현진 없이 혼자 등교하는 건 벌써 적응했다. 혼자 반에 들어오는 것도 혼자 문제를 푸는 것도 다……

"야, 너 그거 들었어?"

어딘가 슬퍼 보이는 표정을 한 수빈이 다급히 정현에게 왔다. *뭘?* 정현의 질문에 대한 수빈의 답은 처참했다.

"그…… 청라 12호……"

우주에서 폭발했대.

정현의 귀에서 이명이 울려 퍼졌다. 폭발? 폭발했다고? 언제. 왜?
어째서? 안전하다며 정말 별일 없다며. 미간이 절로 찌푸려진다. 몇 달
간 편지가 안 왔을 때부터 의심했어야 했어. 걔가 위험한 걸 알았어야
지. 왜 포기한 거지? 왜 현진이를 모르는 척 무시했지? 나는 나는……
서현진을 죽였어.

급히 가방을 챙겨 교실문을 열었다. 서현진. 돌아오기로 약속했잖
아. 왜…… 정신을 차리고 보니 현진의 집 앞이었다.

'정현아 나한테 무슨 일이 생긴다면 꼭 여기로 와 줘.'

오라는 게…… 너네 집이었어? 허…… 바람 빠지는 소리와 함께 헛
웃음이 난다. 너 진짜…… 끝까지 너무해.

정현이 꿈에서 깬다. 난 너 못 봐.

그중에1인의아해가무서워하는아해라도좋소

'안녕 정현아.'

그러니까…… 나는 안 오려 했어. 아직 준비가 안 됐다고. 근데 학교로 너네 부모님이 나를 찾으러 오셨어. 꼭 봐야 하는 게 있다고 와달라고 하시더라. 조퇴증 받고 너네 부모님 손에 이끌려서 억지로 왔다.

현진의 부모가 정현에게 상자를 건넨다. 정현이 조심스럽게 상자를 받아 상자 뚜껑을 열었다. 편지랑 망원경…… 망원경……? 아, 공원…… 망원경을 꺼내들자 끼워져 있던 쪽지가 바닥에 떨어졌다.

'나 사실 우주 가기 싫어 정현아. 계속 너랑 있고 싶어. 그냥 이 말을 전하고 싶었어.'

정현이 입을 틀어막는다. 급히 편지를 꺼낸다.

'안녕 정현아. 마지막을 글로 남기고 싶진 않았는데, 네가 이걸 본다는 건 다 끝났다는 거겠지? 너에게 알려 줄 사실이 있어. 너는 이 세계 사람이 아니야. 이 세계의 넌 이미 죽은 사람이야. 그러니까…… 지금의 너는 이 세계를 기준으로 전생의 사람이야. 내가 널 여기로 초대

했어. 너는 꿈에서, 나는 현실에서. 같은 시간이 흐르고 있는 거야. 이렇게라도 전생에 그리고 이번 생에 그리워했던 사람을 만나서 정말 행복했어. 이젠 널 풀어 줄게. 정말 미안해. 안녕.'

전생에서 그리워하던…… 나……?

내가

내가

다음 생을 미리 본 거야?

그것이…… 아니. 장미가 후드득, 떨어진다. 꿈에서 깰 시간이다. 정현이 눈을 떴다. 그래 그건 다 꿈이야. 이게 현실이지 안 그래? 그 이후론 이상하게도 꿈을 꾸지 않았다. 눈을 감았다 뜨면 아침이었다.

(길은뚫린골목이라도적당하오)

아 진짜 멍청하게 진짜…… 그날도 어김없이 독서실을 가다 책을 두고 온 것이 기억나 다시 집으로 가는 길이었다. 그래도 오늘은 전봇대에 머리를 박거나 하진 않았으니 운이 좋은 편이었다.

"저…… 지갑 떨어트리셨어요."

아니 정정한다. 운이 좋지 않다.

정현은 현진을 믿지 않았다. 그냥 늘 꾸던 뭐 그런 꿈이라고 생각했다. 아니 그렇게 생각하려고 했다. 정말 현진을 다시 보기 전까지는 말이다.

정현은 그날 이후 공부에 몰두하기 시작했다. 꿈을 되찾은 느낌이었다. 우주를 여행할래. 오랜만에 해 본 다짐이었다.

목표도 생겼겠다, 정현은 공부를 하기 위해 독서실을 다니기 시작했다. 독서실은 부모님이 제안한 것이기에 그냥 받아들이기로 했다. 그런데 늘 책을 한두 권 집에 두고 와서 가는 길을 여차하면 다시 되돌아왔다. 오늘도 여전했다.

혼잣말을 중얼거리며 집으로 돌아가는데 누군가가 정현의 어깨를 톡톡 두드렸다,

"저…… 지갑 떨어트리셨어요."

이젠 땅바닥에 기부도 한다. 박정현. 너무 대견하다 진짜. 지갑을 주워주신 분의 얼굴을 보기 위해 고개를 들었다.

"…… 서현진?"

"네?"

아니 서현진이 분명했다. 짜증 나는 물 빠진 핑크머리색은 여전했다. *A. 쟤 머리에 핑크색이 안 예뻐. 너무 물 빠진 색이잖아.*

기회는 지금뿐이다. 다시 돌아오지 않겠지.

"혹시…… 지금 바쁘세요?"

1934

이 책을 통해 우주에 한 번쯤은 관심을 가지게 됐으면 좋겠습니다.
읽어 주셔서 감사합니다.

출처 및 참고문헌

모든 행성 사진 : NASA https://www.nasa.gov/

수학(하)는 과학으로!

경보경

작가의 말

과학은 수학으로부터 탄생을 했다해도 과언이 아니죠. 게다가 화학이나 물리 같은 경우는 계산을 필요로 하기도 하고요. 그래서 수학(하)는 대체로 쉬워서 과학과 결합해서 설명을 하면 좋을 것 같았습니다. 제가 과학과 수학을 좋아해서 더 공부하는 계기가 될 수 있었습니다. 그리고 처음 혼자 글을 쓰고 그림판에서 그림을 그려 붙여 설명을 하니 힘들더군요. 그만큼 재미있게 읽어 주셨으면 좋겠습니다.

수학을 포기하지 마세요. 수학I, 수학II 등등 재미있는 수학이 아직 많이 남아 있습니다. 또한 우리 모두 파이팅해서 고3을 무사히 졸업했으면 좋겠습니다. 수학은 답이 일정하게 정해져 있어 엄청 정직한 과목입니다. 과학도 마찬가지입니다. 처음에 수학과 과학에 대해서 책을 쓴다고 친구들에게 말하니 친구들은 격려를 해 주었습니다. 그 친구들에게 고맙고, 모든 학생들이 이왕 해야되는 거 재미있게 수학을 했으면 좋겠습니다. 모든 고등학생들을 응원하고, 수학도 열심히 해서 꿈을 이루시기 바랍니다.

수학을 재미있게 풀고 싶지? 나만 믿어!

책을 만드는 데 있어 참고한 사이트 또는 책

물리세계로의 즐거운 항해 사이트, 비상 교과서, 네이버 사전, ebs 배움너머 채널

목차

1. 집합

수학개념서에 있는 내용들은 누구나 다 읽을 수 있으며, 공부를 할 수 있습니다. 하지만 수학개념서에서 조금만 더 나아간다면 더 재미있는 수학을 공부할 수 있을 것입니다.

자, 처음으로 집합의 개념을 알기 위해 우주집합을 A, 지구집합을 B라고 해 보겠습니다. 아주 넓은 우주에 지구가 있는 것처럼 집합은 지구⊂우주라고 할 수 있을까요? 아니면 {지구}⊂우주라고 할 수 있는 걸까요? 정답은 후자입니다.

머릿속으로 이미지를 떠올려 보면, 우주 안에 지구가 있는 이미지가 떠오르실 겁니다.

그래서 몇 분은 지구집합 A가 우주집합 B 안에 속한다고들 생각하실텐데요, 지구={X|X는 공기, 생물체, 대륙}이라고 해 봅시다.(원래는 수도 없이 많은 원소들이 지구집합 안에 있겠죠?) 그럼 우주집합은?
우주={Y|Y는 행성, 블랙홀, 지구}라고 해 보겠습니다.(원래는 수도 없이

많은 원소들이 존재하겠죠?)

　이제 우주집합과 지구집합의 교집합을 찾아보면 지구죠.

　지구뿐입니다. 만약 전자가 맞을 경우에는 지구집합의 원소들이 전부 우주집합에도 동일하게 있어야지 지구 우주 가 성립하는 것인데, 당연히 그럴리는 없겠죠?

　이렇게 집합을 간단히 알아보았는데요, '{#}'이 괄호로 뜻이 아주 달라진다는 것을 꼭 기억해야 합니다. 또한 집합이 될 조건을 제시할 때도 주의해야 하는데요. 밑에 집합의 조건제시법으로 제시한 조건 중 아주 조금 애매한 것들을 보여 드릴 테니 문제점을 찾아보세요.

보기1

　1. {트럼프, 문재인, 블라디미르 푸틴, …}=전세계 대통령들의 모임
　2. {M, O, L, D}='곰팡이'의 영어스펠링의 모임

　찾으셨나요? 이 두 보기의 조건을 보고 집합이 형성될 수 있음을 느끼셨나요? 원소를 손으로 가리고 조건만 보아도 옆에 있는 원소들이 떠오르시나요? 하지만 제가 왜 조금 애매하다고 말한 이유는 밑에 고쳐진 보기를 보시면 단번에 알 수 있을 것입니다.

보기2

　1. 2018년도 전세계 대통령들의 모임
　2. '곰팡이'의 영어 대문자 스펠링의 모임

차이점이 느껴지시나요? 제가 뜻하는 바는 '정확한' 조건입니다.

집합 A={S, C, H, O, L}의 조건을 제시하시오. 라는 문제에서 집합 A={'학교'의 영어 철자의 모임}이러면 틀리는 겁니다. 집합을 하면서 작은 것도 놓치지 마세요! 또한 제가 문제를 하나 제시해 드리겠습니다. 많은 학생들이 아마 자주 헷갈리는 개념이 아닐까 싶은데요, 아닐 수도 있지만요.

A={1, 2, 4, 8, 16}

1. 집합 A의 부분집합 중 적어도 한 개의 4의 배수를 원소로 갖는 부분집합의 개수

여기에서는 4의 배수를 포함하지 않는 부분집합과 4의 배수를 적어도 하나 포함하는 부분집합의 두 종류로 분류할 수 있습니다. '적어도'라는 말이 나오면 대부분은 전체의 부분집합의 개수에서 그 반대, 즉 그 말의 역을 빼 주면 되는데요. 그러니 1번은 집합 A의 부분집합 중 적어도 한 개의 4의 배수를 원소로 갖는다고 했으니 그의 대한 역은 '집합 A의 부분집합 중 4의 배수를 원소로 갖지 않는'이 되겠죠?

그럼 이제 계산을 해 보면, 전체의 부분집합의 개수는 2^5에서 4의 배수를 하나도 포함하지 않는 부분집합의 개수 2^{5-3}을 빼 주면 적어도 한 개의 4의 배수를 가지는 부분집합의 개수를 알 수 있습니다. $2^5-2^{5-3}=28$, 즉 집합 A의 부분집합 중에서 적어도 한 개의 4의 배수를 갖는 부분집합의 개수는 28개입니다.

이제 드디어 공집합을 설명할 차례인데요. 'ϕ'이 기호, 다들 뭔지 잘 알고 있을 것 같은데요. 바로 공집합입니다. 공집합은 원소의 개수가 0인 집합으로 모든 집합의 부분집합이 되는 아이입니다. 그러므로 부분집합을 구하라는 문제에서 이 공집합을 뺀다면 틀리죠.

또한 공집합은 원소가 아무것도 없지만 유한집합입니다. 원소의 개수가 0이니 무한개가 아닌 유한개라고 생각하나 봅니다. 200년을 넘게 살아 있는 사람들의 집합이라고 하면 ϕ이겠죠.

여기 그림을 보면 3종류의 염기가 있습니다. 여기서 아미노산의 모형을 집합이라고 하고, 하나의 코돈을 원소 하나로 친다면, 코돈은 3개의 염기의 서열로 결정되기 때문에, 색 칠된 별 모양집합에는 원소 GUC가 있고, (원래는 더많이 있음) 겹친 사각형 모양의 집합에 UGC가 있습니다. (원래 UGU는 겹친 사각형 모양의 아미노산 모형을 결정하는 코돈이지만, 그림에서 주어진 염기는 G, U, C밖에 없기 때문에 UGC만 겹친 사각 모양의 아미노산 모형집합에 있는 것입니다.)

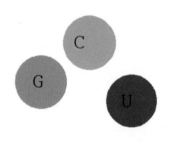

여기서 테두리만 있는 사각형 아미노산 모형의 집합은 ＝{GGU, GGC, GGA, GGG}이기 때문에 현재 그림에서 주어지는 염기만으로는 만들어질 수 없는 집합이기 때문에 □＝ϕ가 되는 것이죠.

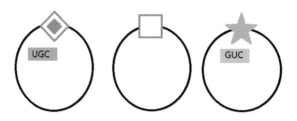

아미노산으로 공집합을 알아보니 재미있죠?

아미노산의 모형은 하도 많아서 더 예를 들 수 있지만, 여기까지만 공집합을 설명하도록 하고, 이젠 차집합, 여집합, 합집합 그리고 교집합 까지 알아보겠습니다.

여러분 모두 공유결합이라는 것을 알고 계실 텐데요. 비금속과 비 금속이 결합할 때 이를 화학이라는 과목에서는 공유결합이라고 배웁 니다. 뭐 전자쌍결합, 등극결합이라고 알고 계신 분도 있을 것 같은데 같은 말입니다.

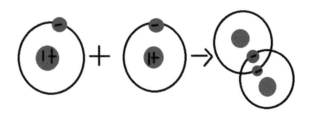

이렇게 수소 두 개가 서로 K궤도에 2개의 전자가 있어야지 안정되 기 때문에 공유결합을 하는 것인데요. 서로 전자를 가지고 있어야 만 공유결합을 할 수 있고, 2개의 원자가 서로 전자를 방출하여 전자 쌍을 형성하고, 이를 공유하므로써 생기는 결합으로 대부분의 유기화 합물과 일부 무기화합물에서 볼 수 있습니다.

공유결합이랑 교집합의 개념은 살짝 비슷합니다.

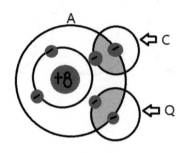

그림에서는 물이 되는 과정인데요. 여기서 A도 C도 Q도 전자를 하나 가지고 있기 때문에 공유결합을 하는 부분이 교집합이라고 해도 되겠죠?

여기서 수학적인 부분이랑 조금 다른 것은 전자 하나를 가지고 있는 두 집합이 결합하게 된다면 합집합으로 보았을 때는 전자가 2개가 아닌 1개가 되죠. 전자 하나를 연달아 2번 적을수도 없는데, 공유결합에서는 전자를 하나 가지고 있는 두 비금속이 결합을 하게 되면 전자 2개를 가질수 있다는 것입니다.

그런데 여기에서도 공유결합을 했지만 전자를 셀 때는 그대로 하나라고 센다는 게 공통점이라고 할 수 있겠네요. 공유전자쌍이 교집합이라고 할 수도 있겠습니다.

그림은 없지만 산소와 산소가 결합할 때는 공유전자쌍이 두쌍이 공유가 되는데요. 수학적 벤다이어그램을 상상해 본다면 정말 공유전자쌍이랑 비슷하지 않을 수가 없습니다. A−B=교집합을 제외한 A집합의 원소들만 알아 볼 수 있듯이 공유결합에서도 산소 두 개가 결합해 공유전자쌍 두쌍을 공유하고 있어도, 산소 하나의 전자의 수를 세면 8개입니다. 공유전자쌍을 제외한 순수 산소의 전자수만 세는 겁니다.

이렇게 공유결합과 교집합을 연결지어 볼 수 있는 만큼 아직 더 많은 것을 배우고 연결지을 수 있을 것입니다.

나머지 집합 개념은 한 문제를 통해서 함께 알아볼까요?

전체집합 U의 두 부분집합 A, B에 대하여 연산 $\triangle$를 $A\triangle B=(A-B)\cup(B-A)$라 하고, 연산 $\triangledown$를 $A\triangledown B=(A-B)\cap(B-A)$라고 할 때, 다음 중 벤다이어그램의 색칠한 부분을 나타내는 집합은?

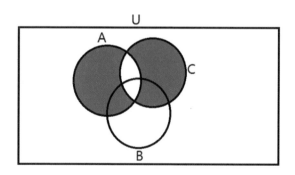

1. $(A\triangle B)\triangle(A\triangle C)$
2. $A\triangle(B\triangle C)$
3. $B\triangledown(A\triangle C)$
4. $(A\triangle B)\triangle(B\triangle C)$
5. $(A\triangle C)\triangle(B\triangle C)$

이 문제를 공부함으로써 차집합, 합집합, 여집합 등등 집합들의 개념의 대한 설명을 마치도록 하고, 먼저 1번부터 살펴보겠습니다. 괄호를 주의해서 봐야 하는데요, 괄호를 한 덩어리로 봐야지 문제가 쉽습니다.

$(A \triangle B) \triangle (A \triangle C)$ 이 복잡한 식을 쉽게 알아 볼 수 있도록 위에 주어진 대로 고쳐 봅시다.

$(A \triangle B) - (A \triangle C) \cup (A \triangle C) - (A \triangle B)$입니다. 식을 풀어 주었는데, 왜 더 복잡한 것 같은데요? 라는 생각이 들 수 있지만, 식의 길이가 길다고 해서 더 어려운 건 아니에요!

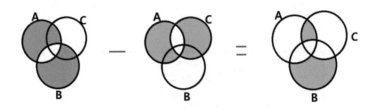

그림을 보시면 아주 예쁜 색들로 표시를 해두었는데요. $(A \triangle B)$는 주어진 식에 맞게 사용하면 주황색 부분이 나옵니다. 더 자세히 말하면, $(A \triangle B)$는 $(A - B) \cup (B - A)$가 되기 때문입니다.

그리고 핑크색 부분은 $(A \triangle C)$인 것을 아시겠죠? 주황색 부분에서 핑크색 부분을 빼주게 되면, 제가 연보라색으로 표시해 놓은 부분이 됩니다. 1번이니깐, 함께 더 자세히 풀어 봅시다. 밑에 그림으로 보는 것과 같이, 연두색은 공통부분을 칠한 것이죠. 결국 연두색인 공통부분을 빼면, 연보라색 부분이 남는 것을 보실 수 있습니다. 아직 끝이 아닙니다. 지금까지

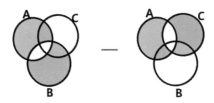

$(A\triangle B)-(A\triangle C)\cup(A\triangle C)-(A\triangle B)$

이 식의 앞부분을 이제 푼 것인데요,

이제는 뒷부분을 구해서 빨리 합집합을 찾아 답을 알아봅시다.

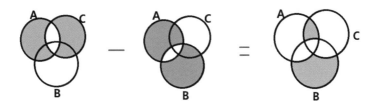

앞에서 했던 과정을 반대로 해 주면 되는데요, 근데 결과가 위의 결과와 같네요! 그럼 이 둘의 합집합을 구하라고 했으니, 그냥 연보라 색인 부분이 답이 됩니다. 이 문제에서는 첫 번째로 식을 주어진 조건에 맞게 바꾸고, 그다음에 차근차근 계산을 해 봐야 답이 쉽게 나오는 문제입니다.

여기서 -(마이너스)의 개념이 들어간 것이 바로 차집합입니다. 방금 자연스럽게 차집합을 익힐 수 있었네요. 또한 합집합이란 계산을 해서 더하기 하는 것과 비슷합니다.

교집합처럼 같은 부분이 없어도 그냥 지정하는 것을 합친 것이 합집합이니까요.

벤다이어그램 전용인 문제는 시간이 조금 걸린다는 문제가 있지만, 계속 연습하다 보면 일일이 그림을 그리지 않아도 되는 날도 옵니다.

우리는 이제 조금 더 힘을 내서 나머지 4개의 문제를 풀어 보도록 하겠습니다.

2번 $A\triangle(B\triangle C)$입니다. 여기서도 똑같이 괄호를 한 덩어리로 본다면, $A-(B\triangle C)\cup(B\triangle C)-A$로 풀면 되겠죠?

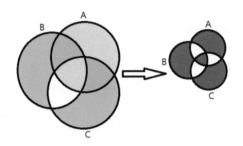

이번에는 조금 빨리 진행을 해 보았는데요. 이제는 2번째로 푸는 문제이지만 무슨 색이 어떤 부분인지 눈에 보이지 않나요?

노란 부분은 $A-(B\triangle C)$이고, 보라색 부분이 이제 A와 $(B\triangle C)$의 교집합이고, 연두색이 $(B\triangle C)$입니다.

이제 합집합을 해 보니 옆에 빨간색으로 표시된 부분이 둘의 합집합이므로, 정답이 아닙니다.

3번은 유일하게 연산 $\triangledown$가 들어가 있는 문제인데요, 여러분에게 더욱 정확히 교집합의 개념을 알려 주기 위해서 있는 문제 보기입니다.

$B\triangledown(B\triangle C)$에서도 먼저 식을 바꾸어 주어야겠죠?

$B\triangledown(B\triangle C)=$ _____

바꾸어 주셨나요? 연산이 2개나 들어가 있어서 복잡해 보이지만,
$B-(A \triangle C) \cap (A \triangle C)-B$ 막상 해 보면 쉽답니다.

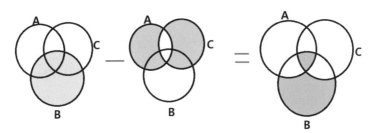

노란색 부분은 B, 하늘색 부분은 $(A \triangle C)$입니다. 여기서 공통부분
을 찾아서 빼주면, 연보라색 부분이 된답니
다. 또한 이 과정을 반대로 해 주면, 그림 1
처럼 됩니다. 그다음은 둘의 교집합을 구하
면 답이 나오는데, 보시다시피 교집합이 없
습니다! 결국엔 3번도 답이 아니었습니다.

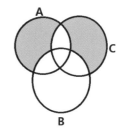

4번 $(A \triangle B) \triangle (B \triangle C)$의 형태는 조금 어려워 보이죠?
하지만 $(A \triangle B)-(B \triangle C) \cup (B \triangle C)-(A \triangle B)$ 앞에서 말했듯이 괄호
를 한 덩어리로 본다면 이렇게 식을 만들 수 있겠지요?

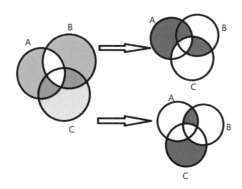

위의 그림을 봤을 때, 위에 빨간 부분이 $(A \triangle B)-(B \triangle C)$일까요? 잠깐 그림을 그려서 확인할 시간을 드리겠습니다.

잠시 읽는 것을 멈추시고, 위에 1, 2, 3번을 했던 것처럼 그림을 그려볼까요? 그냥 차집합을 구하면 되는 일인 걸요. $(A \triangle B)-(B \triangle C)$ 이 집합은 바로 위의 그림에 위에 있는 빨간 부분 집합입니다. 그럼 그 밑에는 자연스럽게 $(B \triangle C)-(A \triangle B)$가 되겠습니다. 그럼 빨간 부분을 더해 보세요.

$A \triangle C$가 보이시나요? 그러므로 정답은 4번이 되겠습니다. 벤다이어그램이 제일 쉬워 보이고, 사실 그림을 그려서 푸는 게 훨신 더 문제를 쉽게 푸는 길이라고 할 수 있는데요.

제 기준에서는 이 문제는 쉬운 편은 아니였기 때문에, 벤다이어그램을 색칠해서 차집합을 구하는 과정에서 선의 방향도 다르게 해야 하고, 겹치는 부분이 있으면 갑자기 헷갈려서 당황했었던 때가 많았는데, 이제는 재미있어졌습니다.

그럼 그대로 이어서 마지막 5번을 풀어 볼까요?

5번을 다 풀고 난 후에는 이 책을 읽은 친구들이나 후배들이 집합의 대한 개념을 다 알아갔으면 좋겠는데요.

$(A \triangle C) \triangle (B \triangle C)=$ _____

5번 문제를 한번 바꾸고 책에 적어 보세요

적으셨나요? 그럼 바로 정답을 알려드리겠습니다. 셋, 둘, 하나

$(A \triangle C)-(B \triangle C) \cup (B \triangle C)-(A \triangle C)$ 짠!

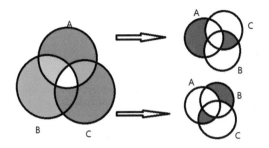

제가 푼 것처럼 U를 기준으로 앞 과 뒤를 풀어 준 다음 그 두 부분의 합집합을 구하는 식으로 문제를 푼다면, 제가 알려드리지 않아도 위의 그림에 보이는 각 색깔이 어느 부분인지 알아야 합니다. 또한, 어느 부분이 빨간색으로 색칠된 부분인지도 알아야 합니다.

색깔별로 어떤 부분을 나타낸 것인지 한번 스스로 맞춰 보세요!

여기서는 제가 굳이 꼼꼼한 설명은 하지 않았지만, 교집합, 차집합, 합집합의 개념을 모두 배울 수 있었습니다. 수학이 이해가 안 된다면, 이렇게 하나하나 문제를 정독하고, 다소 귀찮더라도 쉬운 풀이까지 하나하나 적어서 풀어 본다면 다른 유형의 문제를 풀 때도 도움이 되는 것 같습니다.

이제 드디어 집합을 거의 다 끝내가고 곧 명제를 설명할 것인데요.

유집합의 원소의 개수 개념만 설명한다면 드디어 집합은 끝나게 되네요. 혹시 과학 부분 중에서 제일 좋아하는 부분이 어디인가요? 화학? 지구과학? 물리? 생물? 지구과학을 좋아하시는 분이라면 이제 읽을 재미를 더 느끼실 겁니다.

그전에 드모르간 법칙에 대해 잠깐 설명을 드리겠습니다.

드모르간 법칙은 역시 드모르간이라는 사람이 발견했기 때문에 이

런 명칭이 붙은 거겠지요? $A^c \cup B^c = (A \cap B)^c$

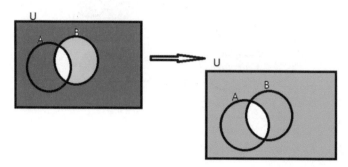

빨간 부분은 B집합의 여집합이며 하늘색 부분은 A의 집합의 여집합입니다. 그럼 보라색은 하늘과 빨간색을 더한 A의 여집합과 B의 여집합 중 겹쳐지는 부분입니다. $(A \cap B)^c$ 이 부분을 핑크색으로 표시하였는데 둘 다 합집합으로 하면 똑같은 부분인 것을 알 수 있지요?

바로 이 법칙을 드모르간 법칙이라고 합니다. 드모르간 법칙을 사용하는 법은 간단합니다. 괄호 밖으로 여집합의 기호인 C를 빼 줄 때 $\cap \rightarrow \cup$으로 $\cup \rightarrow \cap$ 바뀌게 됩니다. 그 반대인 여집합의 기호인 C를 안으로 넣어 줄 때도 같습니다.

유한집합의 원소 구하는 방법으로 재미있는 문제를 풀어 봅시다.

혹시 바코드의 원리를 아시나요? 바코드를 보면 그냥 굵기가 다른 검은 줄이 순서대로 또는 어지럽게 나열되어 있는데요.

어떻게 이 바코드가 상품을 담고 있을까요?

바코드에는 사실 흰 줄도 있다는 사실! 흰색 배경이 아닌 흰색 줄이란 사실 알고 계셨나요?

제 생각엔 만약에 영수증이 보라색이라면, 바코드가 이렇게 보이지 않을까 생각을 해 보았습니다.

바코드는 이진법을 활용하는 것인데요. 이진법이란 0과 1 두 개 숫자로만 구별하는 방법인데요. 0＝흰색, 1＝검은색이라고 한다면. 0.2mm의 검은 막대를 1이라고 하면 0.4인 막대는 11이 되겠죠?

그리고 바코드에 바코드 해석기가 빛을 바코드의 방향으로 쏘게 되면 검은 막대기에는 조금만 빛이 반사하고, 흰색 막대에서는 많은 빛이 반사합니다.

그렇게 반사된 빛을 해석하고 컴퓨터로 데이터를 전송하게 됩니다. 전 이런 바코드의 원리랑 유한집합의 개수를 구하는 방법이 비슷하다고 생각해 보았습니다.

유한집합이면 당연히 원소의 개수를 구할 수 있겠죠?

여기서 이진법까진 활용을 하지 못하지만, 여러분이 바코드 분석기가 된 것처럼 문제를 풀어 머리로 데이터를 전송하시면 되겠습니다.

이제 문제를 낼 테니 집중해서 읽어 주세요.

먼저 당신이 가려는 마트에는 제품이 우유와 감자칩이 있다고 해 봅시다. 그리고 바코드의 흰줄＝n(A), 바코드의 검은줄＝n(B)라고 하

여 보겠습니다. 다음 바코드를 읽고 어느 제품이 우유이고 감자칩인지
맞춰 보세요.

(우유의 바코드=329331, 감자칩의 바코드=211383,
집합 A={1, 2, 3}, 집합 B={4, 5, 6, 7}) 자 이제 바코드를 머리로 찍겠
습니다. 빡!

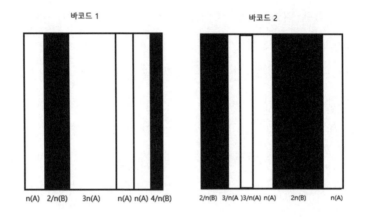

굵기를 잘 알지 못할 것 같아서 이처럼 바코드 밑에 숫자를 적을
수 있도록 표시를 해 두었습니다.

정답은 우유의 바코드가 1번 바코드이고, 감자칩 바코드가 2번 바
코드입니다.

바코드의 원리까지 알고, 집합의 관한 문제로 연결해서 푸니 엄청
재미있죠? 아쉽게도 이진법을 써서 문제를 바코드와 동일하게는 활용
을 못했지만 만약에 바코드의 숫자가 3과 4로만 이루어져있는
(n(A)=3 n(B)=4) 바코드 문제를 냈다면 이진법을 활용한 것이라고
할 수 있겠네요!

평소에 바코드를 되게 궁금해 했었는데 이제 바코드의 원리를 까

먹지 않을 수 있겠네요.

빛의 반사를 이용해 바코드를 읽는다니 정말 흥미로워요. 그리고 또한 더 정보를 드리자면 바코드 밑에 숫자가 적혀 있는 경우 맨 앞의 3개의 숫자가 제조국을 표현합니다. (한국=880, 중국=690, 691) 이렇게 집합이 끝나 버렸네요. 집합의 개념, 어렵지 않죠?

2. 명제

이제 명제입니다. 명제란 참인지 거짓인지를 분명하게 판별할 수 있는 문장이나 식을 명제라고 하는데요. 이 보기 5가지 중 참인명제인 것을 골라 보세요.

보기

1. 정삼각형 두 개는 합동이다.
2. $X^2+X=0$에서 X는 0 또는 -1이다.
3. 짝수와 홀수를 곱하면 무조건 짝수가 된다.
4. 고구마보다 감자가 더 맛있다.
5. 에어로그래파이트는 세상에서 제일 가벼운 물질이다.

먼저 1번은 거짓인 명제입니다. 삼각형이 정삼각형이 되기 위해서는 변의 길이가 다 똑같아야 하고 공통적으로는 각이 60도로 똑같아야

겠죠? 하지만 각이 60도로 다 같다고 해서 길이까지 같은 것은 아니므로 1번은 거짓인 명제입니다.

2번은 참인명제! X로 묶어 준다면 X(X+1)=0임으로 답은 0과 −1 이 맞으니 참이네요.

3번째도 참인명제입니다.

짝수와 홀수를 곱하면 무조건 짝수가 나옵니다.

4번째는 거짓인 명제라고도 하지 못합니다. 명제가 아니기 때문인데요. 참과 거짓을 가릴 수 없는 문장이라서 명제가 아닙니다.

5번째는 참입니다. 에어로그래파이트는 차세대 나노물질인데요. 물리의 신소재를 공부하다가 탄소나노튜브의 쓰임을 검색하다가 알게 된 물질입니다. 튜브 형태의 탄소가 서로 연결된 다공성의 합성물질로 에어로그래파이트는 지금까지 발견된 물질 중 가장 가벼운 소재라고 하네요. 그러므로 5번째도 참입니다. 정답은 2, 3, 5입니다.

이제 간단히 모든, 어떤을 포함한 명제를 알려드릴 건데요. 먼저 한 상황을 예시로 들어보겠습니다.

당신은 백화점에 신발을 사러 갔습니다, 전제품 30% 세일을 하고 있길래 신나서 이것저것 신발을 담아 계산대로 갔는데 알고 보니 30% 세일이라는 말 앞에 아주 작게 '최대'라고 적혀 있었습니다. 이 상황에서 참인 명제를 골라 보세요.

1. 어떤 신발은 30% 세일을 한다.

2. 어떤 신발은 세일을 하지 않는다.

3. 모든 신발은 30% 이하의 세일이 적용된다.

정답은 1번과 3번입니다. 위의 가정에서 여자가 작은 글씨를 본 것까지 합치면 결국엔 전품목 최대 30% 세일이라는 말인데요. 이말을 토대로 본다면, 어떤 신발은 30% 세일을 한다. 참입니다.

2번 어떤 신발은 세일을 하지 않는다. 전품목이 일단 세일을 하긴 하는데 최대 30%까지 세일을 적용할 수 있다는 것이니 2번은 거짓입니다.

3번은 모든 신발은 30% 이하의 세일이 적용되므로 참입니다.

명제의 참과 거짓을 찾아내는 문제를 풀어 봅시다.

혹시 석빙고가 무엇인지 아시나요? 석빙고를 보니 살짝 무덤같이 생겼는데, 우리 조상들이 얼음을 보관하기 위해서 만든 곳입니다. 하지만 석빙고를 만들 때도 대충 만들지 않고, 과학적 원리를 사용하였는데요. 석빙고의 내부는 열 전달률이 높은 화강암으로 제작하고 천장에는 환기구를 만들어 공기를 순환시켰습니다.

(여름에는 습기를 제거하고 겨울에는 찬 공기가 들어오도록) 또한 석빙고의 외부는 잔디, 진흙, 밀집, 왕겨 등으로 방수층과 단열층을 만들어 외부열기와 빗물을 막았습니다.

그래서 석빙고의 얼음을 보관해서 얼음을 녹지 않게 한 원리는 대류현상을 이용한 것인데요. (차가운 것은 아래로 내려오고, 따뜻한 것은 위로 올라간다. 이러한 현상을 대류라고 합니다.)

천장의 아치형 공간에 더운 공기를 가둬 두었다가 환기구를 통해 내보내는 것입니다.

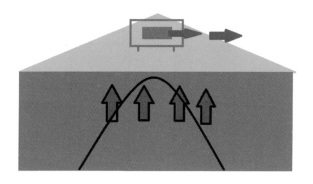

제 설명을 그림으로 그린다면 이렇게 됩니다.

더운 공기는 아치형공간에 있다가 위에 환기구를 통해서 나오게 되고 결국 찬 공기만 안에 남게 된다는 것이죠.

여기서 핵심용어는 대류현상입니다. 제가 대류현상을 이용한 예를 한 가지 보여 드렸으니, 이제 대류현상을 활용한 실험 한 가지를 통해 명제의 문제를 함께 풀어 봅시다.

너무 유명한 실험이라서 아시는 분도 있을지 모르겠지만, 문제를 보겠습니다.

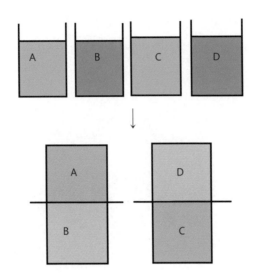

컵 A 와 C에는 뜨거운 물을, 컵 B와 D에는 차가운 물을 담고 한 번은 B 위에 판을 깔고 A 비커를 뒤집어 놓고, 한번은 C 위에 판을 깔고 D 비커를 뒤집어 올려놓았습니다.

그런 다음 이 판을 빼면 무슨 일이 일어날까요?

문제 다음 가정을 세운 뒤 실험을 했다면 실험 결과가 참인 명제를 고르시오.

1. D와 C의 물은 판을 빼면 서로 섞인다.
2. A와 B 중간의 판을 빼자마자 두 물의 위치가 바뀐다.
3. 판을 빼면 D는 C의 물은 서로 섞이지 않는다.
4. 물에선 대류현상이 일어나지 않는다.
5. 판을 빼면 A와 B의 물 중간부분만 섞인다.

가정이 틀린 번호는 누구일까요?

대류현상은 유체(기체와 액체)에서 일어나는 현상이므로 일단 4번은 틀린 가정입니다.

또한 대류현상은 차가운 것이 아래로, 뜨거운 것이 위로 올라가는 현상이므로 A와 B는 판을 빼더라도 섞이지 않을 것이고, D와 C는 그 반대로 차가운 것이 아래로 내려가야 하는데 위에 있고, 뜨거운 것이 위로 올라가야 하는데 아래에 있으니 서로 물이 섞이겠죠?

그러므로 정답은 1번만 옳은 가정이었네요.

대류현상을 이용한 실험의 명제를 이어서 이제 명제의 역과 대우를 알아보도록 하겠습니다.

모두 생물시간에 효소의 쓰임에 대해 배우셨나요? 효소의 쓰임이 기억이 나지 않는다면 안 됩니다. 지금부터 효소의 쓰임에 대해 명제의 역과 대우를 알려드릴 것입니다. 교과서에는 없는 실험을 준비했습니다.

실험 2

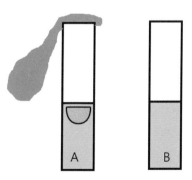

시험관 A, B에 과산화수소수를 3mL씩 넣은다음 시험관 A에는 감자조각을 넣고 구멍에 초록 풍선을 씌우고 시험관 B에는 아무것도 넣지 않았습니다.

문제 다음 한 친구가 실험결과로 알 수 있는 사실들을 노트에 필기했습니다. 다음 중 참인 명제는?

1. 풍선이 부풀어 오르면, 산소가 발생한 것이다.
2. 감자가 없으면, 과산화수소수의 분해가 늦다.
3. 산소가 발생하지 않으면, 풍선이 부풀어 오르지 않는다.
4. 과산화수소수의 분해가 빠르다면, 감자가 있는 것이다.
5. 과산화수소수의 분해가 늦으면 감자가 있는 것이다.

여기서 참인명제는 1, 2, 3, 4입니다. 그런데 1번과 3번, 2번과 4번, 무언가 같은 말인 것 같지 않나요? 바로 대우관계이기 때문입니다. 대우란 명제의 역이 가정과 결론을 각각 부정한 것과 같습니다.

그러므로 항상 명제가 참이라면 대우가 참이죠. 그러면 역이란 것은 무엇일까요? 역이랑 가정과 결론의 위치를 바꾼 명제입니다.

1번 가정은 풍선이 부풀어오르면, 결과는 산소가 발생한다는 것이죠.

대우로 명제의 역의 가정과 결론을 각각 부정해 보면 자리를 바꾸어 산소가 발생하면, 풍선이 부풀어 오른다가 되겠고, 이제 부정을 해본다면 산소가 발생하지 않으면, 풍선이 부풀어 오르지 않는다. 이렇

게 될 것입니다. 1번과 3번이 대우관계인 것 아시겠죠? 그러므로 2번
과 4번도 대우관계이니 1, 2, 3, 4번 다 정답인 것이지요.

5. 과산화수소수의 분해가 늦으면 감자가 있는 것이다에는 과산화
수소수의 분해가 늦으면 감자가 없다는 것이다의 부정이므로 틀렸습
니다.

과산화수소수 자연현상에서도 분해가 되기는 하지만, 효소 없이
자연적으로 분해된다면 굉장히 느리게 산소와 물로 분해가 되겠죠?
효소가 우리의 몸 속에서 굉장한 일을 한다고 할 수 있습니다. 그렇다
면 효소 하나라도 문제가 생긴다면 몸에 이상이 올 수 있다는 것이겠
죠?

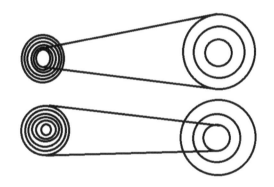

위의 그림을 보면 왼쪽엔 카세트 스프라켓, 오른쪽은 체인링으로
자전거의 부품 중 일부분인 흔히 말하는 '기어'인데요. 상, 하로 기어
의 조절된 모습이 다르죠?

위에 있는 기어는 가장 힘이 많이 들어가는 비율, 아래에 있는 기
어는 가장 힘이 적게 들어가는 비율입니다.

다들 자전거 타본 적 있으시죠? 가족과 함께 공원에서 자전거를

탄다던지, 초등학교 때 전 자전거를 타고 등교를 했는데요. 언덕길과 같은 경사가 진 길에서는 기어조절을 조금 많이 했던 것 같은데요. 위의 그림은 근육에서부터 만들어진 에너지를 바퀴로 전달하는 구동부분의 일부라고 할 수도 있겠네요.

그럼 여기서 명제 문제를 하나 내보겠습니다.

자전거의 기어가 저단일 경우, 페달을 밟는 것에 따른 회전에 비해 바퀴의 회전이 비교적 적을 것이고, 기어가 고단일 경우에는 페달을 밟는 것에 따른 회전에 비해서 바퀴의 회전이 비교적 많을 것입니다. 다음 중 옳은 명제를 고르시오.

보기

1. 저단기어에서 페달 한 바퀴라면 바퀴는 한 바퀴 미만이다.
2. 고단기어에서 페달 한 바퀴라면 바퀴는 한 바퀴 이하이다.
3. 고단기어에서 바퀴 두 바퀴라면 페달은 두 바퀴 미만이다.
4. 저단기어에서 바퀴 5바퀴이면 페달은 5바퀴 초과이다.
5. 고단기어에서 페달 네 바퀴이면 바퀴는 네 바퀴 초과이다.

여기서는 굳이 명제의 역과 대우를 쓰지 않아도 되겠죠? 위의 문제만 읽고도 충분히 풀 수 있는 문제입니다.

1번부터 풀이 해 볼까요?

기어가 저단일 경우 페달의 회전수 > 바퀴의 회전수 이렇게 될 것이고, 기어가 고단일 경우 페달의 회전수 < 바퀴의 회전수입니다. 그

렇다면 1번은 저단기어에서 페달의 회전수 > 바퀴의 회전수이니까 옳은 명제입니다.

2번은 고단기어에서 페달의 회전수 ≥ 바퀴의 회전수이니까 틀린 명제입니다.

위의 문제에서는 비교적 많다는 말만 했지 같을 수도 있다는 말을 하지 않았기 때문입니다.

3번은 고단기어에서 바퀴의 회전수 > 페달의 회전수이기 때문에 옳은 명제입니다.

4번에서는 저단기어에서 바퀴의 회전수 < 페달의 회전수이니 틀린 명제입니다.

마지막으로 5번에서는 고단기어에서 페달의 회전수 < 바퀴의 회전수이니 옳은 명제입니다.

이제 자전거의 기어의 물리적 원리의 대한 앞의 설명을 이어서 설명하겠습니다.

명제로 문제를 풀고 나니 더욱더 앞의 설명이 기억에 남았을 것 같네요.

일단 인간이 낼 수 있는 힘은 제한되어 있는데 (근육 단면적에 비례) 예를 들면 저단기어에선 바퀴 한 바퀴를 굴리기 위해 페달을 두 바퀴 돌리고, 고단기어에선 바퀴 한 바퀴를 굴리기 위해 페달을 반 바퀴를 돌리게 되는 것입니다.

즉 저단기어로 달리게 된다면 Fs(일=작용힘×작용거리) 식에서 s가 길어져, 하는 일이 늘어나게 되겠죠?

하지만 장애물이 없는 곳에서 또는 자전거 전용 도로에서 달릴 때처럼 속도가 충분히 빠를 땐 저단기어를 사용한다면 페달을 정말 빨리 돌려야 하고, 고단기어일 때는 s가 길어지지 않고도 속도를 내서 달릴 수 있을 것입니다.

저단기어의 경우엔 다리의 무게를 움직이면서 힘을 써야 하니, 고단기어보다는 효율적이지 못하다는 것입니다.

또한 반대로 평평하고, 속도를 잘 낼 수 있는 길이 아닌 오르막길인 경우에는 어떤 기어를 써야 할까요? 바로 저단기어입니다.

일=에너지라고 할 수 있는데, 전달되는 힘이나 속력은 바뀔 수 있지만 에너지는 항상 같아야 합니다.

(에너지 보존의 법칙=에너지는 발생하거나 소멸하는 일 없이 열, 전기, 자기, 빛, 역학적 에너지 등 서로 형태만 바꾸고 총량은 일정하다는 법칙)

힘이 증가하면 속력이 줄어서 에너지가 보존이 되고 속력이 증가하면 힘이 줄어서 에너지가 보존됩니다.

그러므로 자전거는 주행(주로 동력으로 움직이는 자동차나 열차 따위가 달림)을 필요할 땐 힘보다 속력 위주인 고단기어, 오르막길을 오를 때는 주행보다 힘을 더 필요로 하는 저단기어를 사용하게 됩니다. 이제 아시겠나요?

어릴적 또는 지금도 타고 있는 자전거가 이런 원리로 기어를 조절할 수 있다는 것입니다.

또한 추가로 말하자면, 자전거 마라톤을 할 때 참가자의 자전거의 바퀴가 매우 얇은 것을 볼 수 있는데요. 그 이유는 타이어의 폭이 작고, 반면 도로면의 상태가 평평하기 때문에 압력을 아주 높게 만들어

최소한의 마찰력을 가지고 최소한의 접지력(타이어와 노면의 밀착성을 이르는 것으로, 타이어가 노면을 잡고 있는 상황이나 그 성능을 말한다)을 이용해서 빠르게 이동한다고 합니다.

이제 명제문제를 내보겠습니다.

위의 지문을 읽었다면 풀 수 있습니다. 다음 중 옳은 명제를 골라보세요.

보기 1

1. 한 사람이 5m까지 자전거를 타고 달린다면 저단기어로 맞췄을 때보다 고단기어로 맞췄을 때 페달의 회전수가 더 적다.
2. 고단기어로 맞추지 않으면 언덕 올라가는 것이 힘들다.
3. 평평한 도로에서는 저단기어를 쓰는 것이 훨씬 덜 힘들다.
4. 비교적 빠르게 달릴 수 없는 자전거는 바퀴의 폭이 좁지 않다.
5. 고단기어에서 페달의 회전수가 바퀴의 회전수의 2배일 때 바퀴 6바퀴를 굴리기 위해 페달의 회전수는 3바퀴이다.

첫 번째 명제부터 풀이를 해 보자면, 한사람이 5m까지 자전거를 타고 달린다면 저단기어로 맞췄을 때보다 고단기어로 맞췄을 때 페달의 회전수가 더 적다.

위 글에서는 저단기어로 달리게 된다면 Fs(일=작용힘×작용거리) 식에서 s가 길어져 하는 일이 늘어나게 될 것이고, 평평한 길을 달릴 땐 저단기어를 사용한다면 페달을 정말 빨리 돌려야 한다 하였으므로

1번은 옳은 명제입니다.

2번은 고단기어로 맞추지 않으면 언덕 올라가는 것이 힘들다고 하였는데, 대우를 이용해서 바꾸어 본다면 언덕을 올라가는 것이 안 힘들려면 고단기어로 맞춰야 한다가 되는데, 이것은 틀린 명제이므로 대우도 틀렸으니 본명제도 틀렸습니다.

3번은 평평한 도로에서는 고단기어, 언덕길을 오를 때는 저단기어로 쓰는 것이 효율적이라고 설명하므로 틀린 명제입니다.

4번은 대우로 바꾸어 본다면 자전거의 바퀴의 폭이 좁으면 비교적 빠르게 달릴 수 있다 이므로 옳은 명제입니다.

마지막으로 5번은 고단기어에서는 페달의 회전수 < 바퀴의 회전수이므로 바퀴의 회전수가 페달의 화전수의 2배라고 했으니 바퀴의회전수가 6이라면 6=2a(a는 페달의 회전수)이므로 페달의 회전수는 3 바퀴가 되니 참인 명제입니다.

이로써 명제의 역과 대우를 끝내게 되었습니다. 이제 우리가 알아야 할 것은 산술 기하평균, 코시-슈바르츠의 법칙입니다.

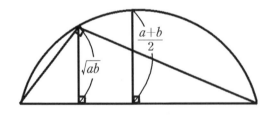

이것이 바로 산술 기하평균이 나오게 된 배경입니다. $\frac{a+b}{2} \geq \sqrt{ab}$ 인 것이죠. 또한 코시-슈바르츠 부등식도 있는데요. 산술평균−기하평균 부등식은 양수의 범위에서만 사용할 수 있는 데 비해, 코시-슈바르츠 부등식은 실수, 복소수, 벡터 등 더 넓은 범위에서 성립한답니다. 하지만 지금 고1이 배우는 교육과정에서는 코시-슈바르츠 부등식을 쓸 때 모두 다 실수여야 가능하다고 되어 있답니다.

간단한 문제를 한 개 풀어 보도록 하겠습니다.

문제 반지름의 길이가 5인 원에 내접하는 직사각형의 둘레의 길이의 최댓값은?

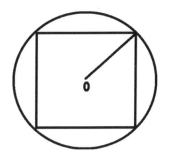

여러분이 생각하시기에 여기에는 산술기하 평균을 써야 할 것 같나요 또는 코시-슈바르츠의 부등식을 써야 할 것 같나요? 일단 원의 반지름이 5라는 것을 제외하고 아는 것이 하나도 없으니 지름에 10이라고 표시해 주면 직각 사각형이기 때문에 $a^2+b^2=100$임을 알 수 있겠죠. 그럼 가로의 길이는 a 세로의 길이는 b라고 둘 수 있겠군요. 그럼 직사각형의 둘레는 $2a+2b$이겠네요. 여기서 알 수 있듯이 코시-슈바르츠 부등식을 써야합니다. 공식을 써보면

$(a^2+b^2)(4+4) \geq (2a+2b)^2$이 되겠습니다. 계산을 해 주면 최댓값은 20 루트 2가 나온답니다. 이제 간단한 문제풀이는 끝났고, 다시 과학을 만나 보러 가시죠.

비누의 세척 원리는 바로 비누의 분자 구조에 있는데요. 비누 분자는 그림에 나와 있듯이 이중적인 성질을 가지고 있습니다. 비누 분자는 일반적으로 두 부분으로 이루어져 있는데, 바로 물과 반응을 잘하는 친수성 부분과 기름과 반응을 잘하는 친유성 부분으로 이루어져 있습니다.

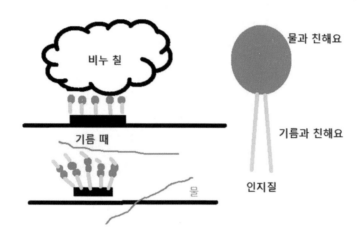

물에 잘 녹는 부분인 친수성 부분은 물과는 반응을 잘하지만 기름과는 섞이지 않습니다. 또한 기름과 잘 섞이는 친유성 부분은 기름과는 잘 섞이지만 물과는 잘 섞이지 않습니다.

따라서 얼굴에 비누칠을 하게 되면 친유성 부분이 기름 때와 반응하여 녹여 낸 후 작은 공모양의 구조를 하고, 그러면 물에 씻겨 나가서 깨끗한 면이 남게 됩니다.

이와 같이 비누는 물에 잘 녹는 친수성 부분과 기름에 잘 녹는 친유성 부분을 모두 가지고 있어서 물과 기름이 서로 섞이게 하는 역할을 한답니다.

그럼 이제 수학문제로 넘어 오겠습니다.

문제 A사의 비누엔 a만큼의 인지질이 있고 B사의 비누엔 b만큼의 인지질이 있다. (인지질을 셀 수 있다는 가정하에) 세탁기에 A사의 비누와 B사의 비누를 같이 넣고 돌렸을 때 $10ab + \dfrac{10a}{b}$에서 빨래가 세탁되는 정도의 최솟값을 $f(a)$%라고 했을 때, $f(5)$의 값은?

여기서 쓸 수 있는 것은 산술기하평균입니다. $10ab + \dfrac{10ab}{b} \geq 10a$ 오른쪽엔 원래는 2루트 $25a^2$이었는데 계산을 해서 저렇게 $10a$가 되었습니다. 산술평균과 기하평균은 양수인 실수에서 문자의 합 또는 곱이 일정할 때 주로 사용하니 문제에 공통적으로 $10ab$가 있으므로 곱이 일정해서 산술기하평균을 썼습니다. 그러므로 최솟값은 $10a$이므로 $f(5)$의 값은 50%입니다. 비누를 2개 넣었는데 빨래가 50% 정도 밖에 안 된 것을 보니 인지질을 아주아주 소량만 넣은 작은 비누인가 봅니다.

3. 경우의 수

경우의 수, 정말 재미있는 수학입니다

이렇게 형형각색의 반응물들이 우리몸에 있는데요. 여기서 정사각형 모양의 반응물하고만 결합하는 효소가 결합할 수 있는 경우의 수는 1이죠? 그림상에는 정사각형의 반응물이 하나밖에 없으니까요! 그럼 조금 더 어려운 문제로 경우의 수를 익히죠.

A지점에서 D지점까지 가는 방법의 경우의 수를 구하시오.

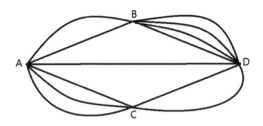

여기서 사실은 제가 생각하기에 제일 쉬운방법은 A와 D사이의 일직선으로 그어져 있는 선을 중심으로 B를 지나는 경우와 C를 지나는 경우의 수를 구하여서 더하는 것입니다.

그대로 해 보자면 A와 D로 가는 일직선의 방법 1이 있구요. 그 중심으로 위 쪽 B를 지나는 경우 먼저 보겠습니다.

A부터 B까지 가는 방법이 2가지가 있구요. B에서 D까지 가는 경우의 수 4가지가 있네요. 여기서 A에서 B까지 2가지 경우가 있고, 한 가지 경우당 4개의 B에서 D까지 가는 길이 있으니 즉, 동시에 B를 거쳐 D를 가는 것이므로 2×4를 해서 8가지 방법이 있구요.

일직선을 기준으로 밑쪽 C를 지나는 부분의 방법의 개수는 A에서 C를 지나는 방법이 3개 또 한 경우당 2개의 길이 있으니 3×2를 해서 6개의 방법이 있습니다.

그럼 B를 지나는 경우 8가지+C를 지나는 경우 6가지+중간의 일직선의 경우 1가지를 더해 준다면 총 15가지의 방법이 있습니다.

여기서 중간의 일직선이 없어지면 그어 주시고 그냥 일직선의 경우 1을 더하지 말고 쉽게 구하면 됩니다. 지나는 점을 따라 길을 분류해 준 다음 방법의 수를 구하면 더 쉽답니다.

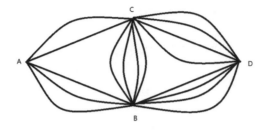

그림이 아주 복잡해졌어요! A부터 D까지 갈 수 있는 방법의 수를 구하려면 먼저 뭐부터 해야 할까요?

첫 번째로 할 것은 위에서 말했듯이 무슨 점을 지날지를 나눠야 합니다. 이번에는 A–B–C–D 4개의 점 모두 지날 수 있기 때문에 집중을 해야 합니다.

처음으로 A점에서 C까지 도착과 A점에서 B까지 도착, 이렇게 두 갈래로 나누어 준 다음 뒤에 방법을 구해 보겠습니다.

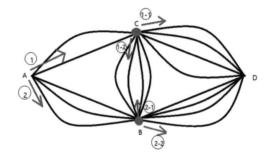

A–C에 도착

일단 A에서 C까지 가는데 방법 2가지와 C에서 방향이 2개로 나뉘어요 C에서 D까지는 길이 4개, C에서 B를 거쳐 D까지는 방법이 16개가 있습니다.

하지만 앞에 길이 A부터 C까지 길이 2가지인 거 기억하고 2×4 더

하기 2×16을 하면 8+32=40개

A-B에 도착

A-B까지 방법이 3개인데, B-D까지 4개, B-C-D는 방법이 16개입니다. 그러므로 3×4 더하기 3×16을 하면 12+48=60

총 40+60으로 A부터 D까지 갈 수 있는 길이 100개나 되네요.

이제 과학적 사실도 알아보며 문제를 풀어 봅시다

마그누스 효과

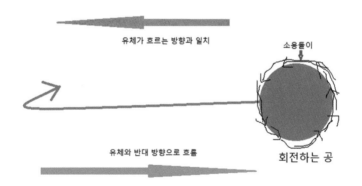

공이 회전할 때 주변에 소용돌이를 일으킵니다. 이때 회전하는 공의 위쪽은 유체가 흐르는 방향과 일치하기 때문에 회전속도가 증가해 압력이 커집니다.

공의 아래쪽엔 유체와 반대방향으로 흘러 속도가 감소해 압력이 낮아진답니다. 그래서 회전하는 공은 압력이 높은 쪽에서 낮은 쪽으로 휘어지는 것입니다.

다들 엄청 높은 곳에서 한 남자가 농구공에 백스핀을 걸어 던지면 그 농구공이 새처럼 오래 날아다니는 동영상을 본 적 있으신가요?

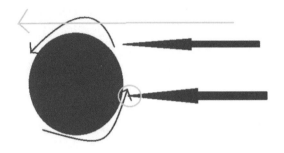

바로 그 원리입니다. 제가 더 간단히 설명하기 위해 간단히 그림을 그려봤는데요. 소용돌이를 형성하면서 공이 회전하는데 오른쪽으로 회전한다고 해 보면 공이 회전하다가 파란 화살표인 공기의 저항과 만나게 됩니다.

공의 오른쪽은 공의 공기의 흐름과 공기의 저항이 부딪혔고, 왼쪽은 같은 방향으로 공기가 흐르는 형태가 됩니다.

그럼 이제 위에서 제가 알려드린 것처럼 오른쪽은 공기가 부딪혀 속도가 줄고 압력이 커집니다.

또한 왼쪽은 같은 방향으로 공기가 흘러서 속도가 빨라지며 저기압을 형성합니다. 이때 고기압에서 저기압에서 저기압 방향으로 공이 휘게 되는데 이것이 마그누스 효과입니다. 더 이해가 빠르시죠?

여기서 저희는 또 경우의 수를 구해야 합니다.

문제 1 A가 총 4번의 기회로 골을 넣어야 한다. A가 매회마다 다른 방향으로 공을 찰 수 있는 방법의 개수는? (한 골=1점, 방향은 총 3개)

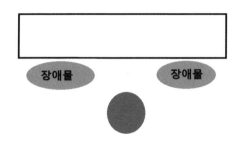

풀이 일단 A가 찰 수 있는 방법은 3가지입니다. 공의 오른쪽을 차서 마그누스 효과로 장애물을 피해가는 방법과 그냥 차는 방법과 왼쪽으로 공을 차서 마그누스 효과를 만다는 방법입니다다.

매회 다른 방향이니까 방향이 겹치면 안 됩니다.

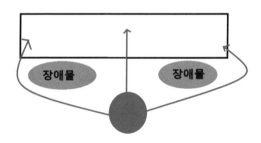

직선 방향을 직, 오른쪽 방향을 오, 왼쪽방향을 왼이라고 했을 때, 3방향이 겹치지만 않으면 되기 때문에

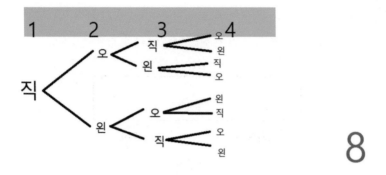

8

첫 번째 기회에 직선으로 찬다면 4번째 기회까지 매회마다 다르게 찰 수 있는 방법의 개수가 8개이므로 나머지 오른쪽으로 먼저 차는 수와 왼쪽으로 먼저 차는 수를 더해 주면 총 24개의 방법이 나옵니다. 참고로 위 그림과 같이 장애물이 있는 상태에서 바나나 킥을 차는 것이라면, 오른쪽 방향으로 차서 소용돌이를 만들어 줘야지 공의 회전이 가능합니다.

인덕션의 원리

모의고사에 등장해 알아보고 싶었던 인덕션의 원리를 알아보겠습니다. 인덕션을 켜고 그 위에 손을 올려 본 적 있으신가요? 그럼 아무 반응도 보이지 않습니다.

인덕션은 코일을 세라믹플레이트로 덮어서 만드는데요. 전원을 틀면 전기장이 코일에 흘러 자기장을 형성합니다. 냄비가 접촉하게 되면 자기장이 철과 상호작용을 해 냄비 안에 전기를 만드는데요. 철과 스테인리스 스틸은 전기 전도율이 낮아 순식간에 열로 변환됩니다.

또한 종이를 인덕션 위에 올려 놓게 되면 종이는 타지 않습니다.

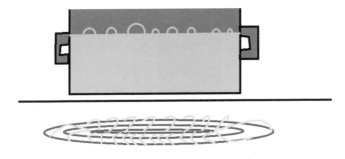

왜냐하면 종이는 부도체이기 때문입니다.

인덕션 레인지는 도체에서만 열을 내는 성질이 있기 때문이죠.

제가 그린 그림에서 노란색 부분이 유도 전류이고, 그 밑 빨간 부분이 코일입니다. 그럼 이제 경우의 수 문제를 내겠습니다.

문제 다음 6가지 물체를 6일 동안 하루에 한 물체씩 가열 실험을 하려고 할 때 인덕션 위에 올렸을 때 열이 발생하는 물체를 양쪽 끝날에 실험한다고 한다. 이때 실험할 수 있는 순서의 경우의 수는?

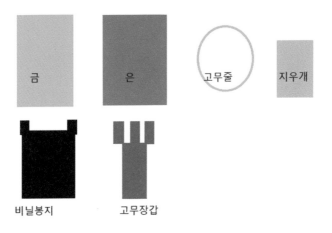

위 그림은 6가지의 주어진 물체

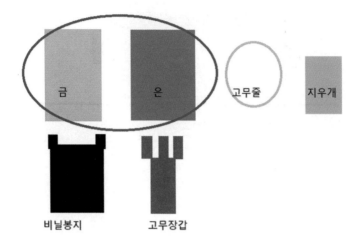

금과 은은 도체이기 때문에 인덕션 위에 올려 놓게 되면 녹지는 않겠지만 전기에 대한 저항이 매우 작아 전기나 열을 잘 전달하는 물체이니 실험에서 열이 발생하게 되겠죠?

그러므로 금과 은을 양쪽 끝 날에 실험을 하면 안 되겠네요?

고무줄, 지우개, 비닐봉지, 고무장갑 모두 부도체이기 때문에 인덕션 위에 올려놔도 아무일도 일어나지 않을 것입니다.

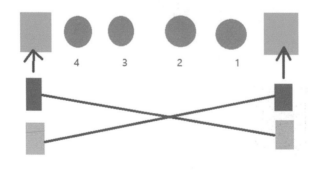

위 그림처럼 양쪽 끝에는 금과 은이 올 수 있고, 1일날 실험에 금

을 실험한다면 6일째 실험에 은을 실험해야 하며, 1일날 실험에 은을 실험한다면, 6일째 실험에 금을 실험해야 합니다.

또한 그 사이 4개의 부도체도 순서가 달라질 수 있는데요.

그래서 4×3×2×1을 해주어서 양쪽 끝을 제외한 중간에 부도체들의 순서의 경우의 수는 24가지일 것입니다.

앞에서 말했듯이 1일날 실험이 금일 때 경우 24가지와 1일날 실험이 은일 때 경우 24가지를 더한다면 총 48개의 조건에 맞춰 실험을 할 수 있는 실험순서의 수를 구했네요.

오드아이 고양이의 비밀

다들 오드아이 고양이 본 적 있으신가요? 원래 오드아이는 한국어로 풀이하면 짝눈, 이상한 눈이라는 단어입니다.

사실 정확히는 이 유전질환은 홍채이식증입니다. 처음 태어날 땐 양쪽눈 색이 똑같지만, 나이가 들면서 (2개월차부터) 양쪽 눈색깔이 다르게 변한다고 합니다.

또한 털이 흰털인 아이들에게 더욱 빈번히 일어난다고 하는데요.

사실 생각해 보면 사람도 양쪽눈의 홍채 색깔이 다른 사람도 있습니다.

tv 프로그램에서 한번 본 적이 있는데요. 전 특별하고 예뻐 보였는데, 교과서에 배우던 강낭콩과 꽃의 색처럼 유전적으로 나타나는 현상인지는 몰랐습니다.(유전적 현상이 아닌 경우도 있을 수 있습니다.)

홍채의 색은 흑색(UU)>갈색(PP)>청색(uu pp) 순으로 열성입니다. 예를 들면 연예인 샘 해밍턴의 눈의 색깔은 약간의 푸르스름한

색을 띕니다. 하지만 윌리엄과 벤틀리의 눈동자 색깔은 엄마를 빼닮은 흑색입니다. 이것이 바로 아빠의 청색눈동자 유전자가 열성이기 때문인데요.

또한 만약 여기서 어머니의 눈동자가 갈색이고 아버지의 눈동자가 청색인 경우 자식 전부가 눈동자가 갈색이거나 자식의 절반이 갈색 눈동자를 가지고 태어난다고 생각하면 됩니다. 그러나 청색은 부모가 두 분 다 청색열성유전자를 가졌다면 자식은 모두 청색일 것입니다.

전 어렸을 때도 사촌동생의 머리색이 연한 갈색이면 친척분들께서 멜라닌 색소가 부족한 것이 아니냐고 걱정하는 것을 들은 적이 있습니다.

멜라닌 색소는 모근에 산재해 있는 멜라노사이트(색소세포) 중에서 타이로신(아미노산의 일종)을 원료로 하여 몇 단계의 산화·중합을 거쳐 만들어집니다.

그리고 단백질이나 금속과 결합해서 과립상(melano protein)으로 되어 모발 속에 존재하고 있기 때문에 단백질이 부족해서 머리색이 연하다고 생각을 하셨나 봅니다.

그런데 오드아이는 아마 눈 한쪽 눈에 있는 조직이 홍채색소(멜라닌)를 적게 만들게 되어 있는 유전자를 가지고 있어서 푸른색을 나타내는 현상일 것 같습니다.

생물 시간에 사람의 피부색이 백, 황, 흑으로 다른 이유도 멜라닌 색소 때문이라고 배운 기억이 나는데요.

위에 멜라닌을 설명한 것으로 본다면 원래 태초의 사람은 백인 이었는데 피부에 햇빛이 비쳐지면 멜라닌이 생성되어 피부를 보호하기도 하고 또한 피부색을 까맣게 만듭니다.

아프리카의 인류들이 자외선을 많이 받아 피부가 점점 까맣게 되고 많은 자외선으로부터 피부를 보호받아 그 환경에 까만 피부가 적합하게 되었고, 지금 20세기까지 이어오면서 유전자가 환경에 적응을 하며 환경에 적응해 살아남은 유전자들이 다음세대로 이어지며 지금의 흑인이 되지 않았을까요?

또한 북반구에 사는 사람은 아프리카 지역처럼 자외선이 많지 않았기 때문에 자외선을 적당히 받아서 멜라닌을 만들어야 하기 때문에 자외선을 차단할 필요가 많지 않았던 것이 아닐까요?

그래서 백인으로 지금 세대까지 내려온 것일 겁니다.

그러므로 오드아이는 위에서 말했듯이 한쪽 눈에 있는 조직이 홍채색소(멜라닌)를 적게 만들게 되어 있는 유전자를 가지고 있어서 푸른색을 나타내는 현상일 것 같다는 이야기입니다.

문제 새끼 고양이 a, b, c가 있다.

a   b   c

새끼고양이 중 한 마리의 눈이 오드아이이고, 나머지 다른 두 마리의 고양이는 검은색 또는 파란색 눈을 가지고 있다. 이때 고양이 a, b, c가 될 수 있는 눈동자의 경우의 수는?

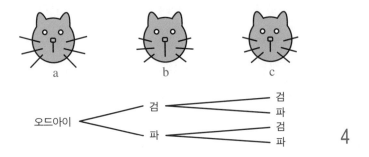

오드아이 ⟨ 검 ⟨ 검
파
파 ⟨ 검
파

4

풀이 a고양이가 오드아이를 가졌다고 해 보면, b의 고양이 눈이 검은색 또는 파란색이 될 수 있고, b의 고양이 눈이 검은색일 때 문제에서는 다른 두 마리 고양이의 눈이 검은색 또는 파란색이라고 했으니까 c의 고양이는 검은색 눈 또는 파란색 눈을 가질 수 있고, b의 고양이 눈이 파란색일 때는 c의 고양이는 또 검은색 또는 파란색 눈을 가질 수 있기 때문에 4개의 경우의 수가 나옵니다.

여기서 b가 오드아이일 때도, c가 오드아이일 때도 경우의 수는 4이니 4+4+4=12, 정답은 12가지의 고양이 조합을 만들 수 있습니다.

도마뱀 꼬리의 재생 원리

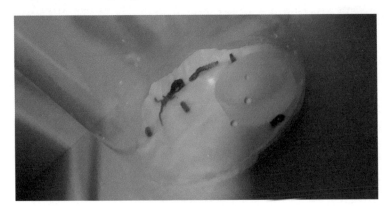

제가 실제로 키우고 있는 도마뱀인데요. 어제 갑자기 꼬리를 잘랐습니다. 도마뱀이 도망칠 때 꼬리가 잡혔을 때 꼬리를 스스로 잘라내어 다시 재생시킨다는 말은 들은 적이 있지만, 갑자기 꼬리를 잘라내니 당황했는데요.

선물로 받은 도마뱀이라서 저는 이 도마뱀 친구에게 인터넷에서 알맞은 먹이를 시켜서 주고 돌보았는데도 먹이를 일체 먹지 않아 영양실조로 꼬리가 먼저 스스로 잘린 것이라고 판단했습니다. 궁금해서 도마뱀 꼬리의 재생원리를 찾아보니 먼저 도마뱀의 안구가 따로 돌아가는 사실에 놀랐습니다.

또한 도마뱀은 먹이 사슬 위치에서 낮게 있기 때문에 꼬리를 자르는 것도, 안구가 따로 돌아가는 것도 적으로부터 보호하기 위해서라고 생각했습니다. 적에게 자신의 신체 중 가장 긴 꼬리를 잡히면 빨리 도망가기 위해 자르고, 언제 적이 자신을 해칠지 모르니 주위를 잘 보아야 하니까요.

도마뱀이 꼬리를 끊는 것은 생존을 위한 자신이 내린 최후의 선택이 아닐까요? 왜냐하면 도마뱀의 절단되었다 다시 난 꼬리는 다시 절단할 수 없다고 합니다. 이제 잡히면 바로 죽음에 이르는 것이죠.

또한 꼬리는 엄청 많은 영양분을 저장해 두는 곳이라고도 합니다. 꼬리가 잘려진 부분에는 줄기세포가 많이 자리잡고 있어 꼬리가 잘린 후 빠르게 재생될 수 있다고 합니다. 학교에서 진행한 진로 프로그램을 통해 줄기세포 관련 연구를 하는 교수님을 만나 여러 가지 알게 된 것을 이렇게 다시 공부하니 그날의 기억이 나면서 과학은 재미있다는 것을 또 깨닫게 됩니다.

저의 도마뱀이 죽은 이유는 아마도 제가 도마뱀보다 큰 먹이를 자르지 않고 넣어 주어 무서워 생명의 위협을 느꼈거나, 먹이를 먹지 못해 꼬리에 모아둔 영양분마저 다 없어져 버려 꼬리가 약해서 잘린 것이 아닐까 라는 생각이 듭니다. 도마뱀에게 주려고 징그러운 밀웜을 시켰는데, 밀웜도 생생한 것을 줘야 해서 정말 힘들었습니다. 역시 사람은 무엇을 키우기 전에 신중히 공부하고 알아봐야 하는 것 같습니다.

줄기세포

줄기세포에 대해 더 알아보겠습니다.

예전에 학교에서 진행한 진로 프로그램을 통해 서울에 있는 대학교에서 줄기세포를 연구하시는 교수님을 만나 뵌 적이 있는데요. 줄기세포는 여러 조직세포로 분화할 수 있기 때문에 난치병 환자들에게는 희망적인 세포이고, 그의 대한 연구도 전 세계가 진행 중이라고 알고 있었는데, 교수님이 배아 줄기세포와 성체 줄기세포의 대해서도 알려주셔서 잘 알 수 있었습니다.

제가 중점적으로 설명할 세포는 배아 줄기세포입니다.

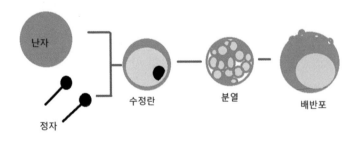

인간의 정자와 난자와 결합한 배아에서 줄기세포를 추출하게 된다

면 그 배아는 파괴될 것입니다. 즉 아기가 세상 밖으로 나오지 못한다는 뜻입니다.

그래서 배아 줄기세포의 실험은 사실상 불가능하거나 아주 조심스럽게 연구가 되고 있습니다.

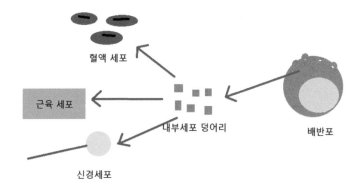

배아 줄기세포는 혈액세포, 근육세포, 신경세포 모든 조직으로 분화할 수 있습니다.

문제 가상 실험에서 배반포에서 내부세포 덩어리 a, b, c를 추출했다. 각자 다른 세포가 되어야 할 때 될 수 있는 경우의 수는?

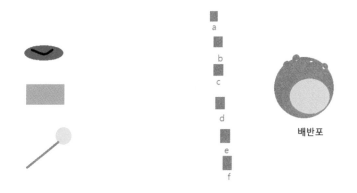

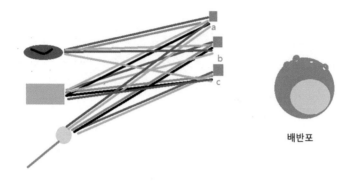

배반포

색깔을 따라 가시면 알 수 있듯이, a가 3개 중 한 개를 선택하면 b는 그 세포를 빼고 2개 중 한 개를 선택하고, c는 나머지 하나를 선택하겠죠? 그러므로 경우의 수는 3×2×1인 6가지입니다.

위에는 일일이 다 구해 줬습니다.

a가 혈액세포일 때 b가 신경세포, c가 근육세포 또는 b가 근육세포, c가 신경세포 이렇게 2가지 경우가 나오는데, b가 혈액세포일 때와 c가 혈액세포일 때 각각 경우 2가지씩이니까 2+2+2=6 이렇게 계산해도 됩니다.

이로써 마지막 줄기세포 문제로 경우의 수 파트까지 마치게 되었는데요, 책을 쓰는데 미숙한 부분도 있고, 저의 지식이 개념에 대한 정확한 지식이 아닐 수 있기 때문에 부정확하거나 이해가 안 가시는 부분들은 너그럽게 이해해 주시면 감사하겠습니다.